PRIMEROS ENCUENTROS

NOVA

PRIMEROS
ENCUENTROS

ORSON SCOTT CARD

Traducción de Ana Fondebrider

GRUPO ZETA

Barcelona • Madrid • Bogotá • Buenos Aires • Caracas • México D.F. • Miami • Montevideo • Santiago de Chile

Título original: *First Meetings*
Traducción: Ana Fondebrider
1.ª edición: marzo, 2015

© 2003 by Orson Scott Card
  © «El niño polaco»: 2002 by Orson Scott Card
  (publicado por vez primera en el presente volumen)
  © «La peste del maestro»: 2003 by Orson Scott Card
  (publicado por vez primera en el presente volumen)
  © «El juego de Ender»: 1977 by Orson Scott Card
  (publicado originariamente en *Analog Magazine*)
  © «La asesora financiera»: 2000 by Orson Scott Card
  (publicado originariamente en *Far Horizons*, editado por Robert Silverberg)
© Ediciones B, S. A., 2015
  Consell de Cent, 425-427 - 08009 Barcelona (España)
  www.edicionesb.com

Printed in Spain
ISBN: 978-84-666-5650-4
DL B 1457-2015

Impreso por QP Print

El niño polaco

John Paul odiaba la escuela. Su madre hacía lo que podía, pero cómo iba a arreglárselas para enseñarle algo teniendo otros ocho hijos: seis a quienes les daba clase y dos niños de pecho que tenía que cuidar.

Lo que más odiaba John Paul era que ella insistiera en enseñarle cosas que él ya sabía. Le mandaba que escribiera letras, que las repitiera una y otra vez, mientras que a los niños mayores les enseñaba cosas interesantes. De modo que John Paul hacía lo posible para darle sentido a la información desordenada que obtenía de las conversaciones entre su madre y ellos. Por ejemplo, nociones superficiales de geografía: había aprendido el nombre de docenas de países y sus capitales, pero no estaba demasiado seguro de qué era un país. O una pizca de matemáticas; le habían explicado los polinomios a Anna una y otra vez porque ni siquiera parecía intentar entenderlos, pero eso le permitía a John Paul aprender las operaciones, aunque lo hacía como una máquina, sin saber lo que significaban en realidad. Tampoco podía preguntar. Cuando lo intentaba, madre se impacientaba y le decía que aprendería esas cosas a su debido tiempo y que ahora debía concentrarse en sus propias clases.

¿Sus propias clases? No le daba ninguna clase, sino deberes aburridos que a punto estaban de volverlo loco de impaciencia. ¿Cómo es que no se daba cuenta de que ya podía leer y escribir tan bien como cualquiera de sus hermanos mayores? Le hacía recitar el abecedario, cuando era perfectamente capaz de leer cualquier libro de la casa. Él intentaba decirle: «Puedo leer ese, madre.» Pero ella se limitaba a responder: «John Paul, eso es jugar. Quiero que aprendas a leer de verdad.»

Tal vez si no pasara las páginas de los libros de los mayores tan rápidamente, ella se daría cuenta de que estaba leyendo de verdad. Pero cuando se interesaba en un libro, no soportaba ir despacio; de esta manera intentaba impresionar a madre. ¿Qué tenía que ver con ella lo que leía? Era su propia lectura; lo único de la escuela que disfrutaba.

—Nunca vas a llevar las lecciones al día —solía decirle ella—, si sigues perdiendo el tiempo con esos libros grandes. ¿Ves?, ni siquiera tienen dibujos; ¿por qué insistes en jugar con ellos?

—No está jugando —le contradijo Andrew, que tenía doce años—. Está leyendo.

—Sí, sí. Debería ser más paciente y jugar yo también —decía la madre—, pero no tengo tiempo... —Uno de los bebés se echó a llorar y se acabó la conversación.

Afuera, en la calle, había otros niños que iban a la escuela, con el uniforme escolar, riéndose y empujándose. Andrew se lo explicó: «Van a la escuela en un gran edificio. Cientos de ellos en la misma escuela.»

John Paul se quedó atónito.

—¿Por qué no les enseña su madre? ¿Cómo hacen para aprender algo siendo cientos?

—Hay más de un maestro, tonto. Un maestro cada diez o quince alumnos. Pero en cada clase todos tienen la misma edad y aprenden lo mismo, de manera que el maestro pasa todo el día en una clase, en lugar de tener que ir de una a otra.

John Paul pensó un momento.

—¿Cada edad tiene su propio maestro?

—Y los maestros no tienen que dar de comer a los bebés ni cambiar pañales. Tienen tiempo de enseñar de verdad.

Pero ¿de qué le habría servido a él? Lo habrían puesto en una clase con otros niños de cinco años y le habrían hecho leer estúpidos abecedarios todo el día; y no habría podido oír al maestro enseñarles a los de diez, doce y catorce años, y se habría vuelto loco.

—Es como el paraíso —dijo Andrew con amargura—. Si padre y madre hubieran tenido solo dos hijos, podríamos haber ido allí. Pero en cuanto nació Anna, nos amonestaron por insumisión.

John Paul estaba cansado de oír esa palabra sin entenderla.

—¿Qué significa «insumisión»?

—Es por esa gran guerra en el espacio —explicó Andrew—. Lejos, en el cielo.

—Sé lo que es el espacio —le replicó John Paul con impaciencia.

—Vale, pues eso. Hay una gran guerra y por eso todos los países del mundo tienen que trabajar juntos y aportar dinero para construir cientos de naves espaciales, de modo que pusieron a cargo de todo el mundo al Hegemón, que dice que no podemos afrontar los problemas causados por la superpoblación. Esa es la razón de que todo matrimonio que tenga más de dos hijos incurre en insumisión.

Andrew se detuvo, como si pensara que aquella explicación dejaba las cosas claras.

—Pero hay muchas familias que tienen más de dos hijos —argumentó John Paul—. La mitad de los vecinos.

—Porque esto es Polonia —le explicó Andrew— y somos católicos.

—¿Qué? ¿El cura le da a la gente bebés extra? —preguntó John Paul, que no veía la relación.

—Los católicos creen que hay que tener tantos hijos como Dios les mande. Y ningún gobierno tiene derecho a decirte que tienes que rechazar los regalos de Dios.

—¿Qué regalos?

—¡Tonto! —exclamó Andrew—. Tú eres el regalo número siete que Dios le dio a esta casa. Y los pequeños son los regalos ocho y nueve.

—Pero ¿qué tiene que ver eso con ir a la escuela?

Andrew puso los ojos en blanco.

—Eres realmente tonto. Las escuelas dependen del Gobierno. El Gobierno ejecuta los castigos contra la insumisión y una de sus normas dice que solo los primeros dos hijos de una familia tienen derecho a asistir a la escuela.

—Pero Peter y Catherine no van a la escuela —objetó John Paul.

—Porque padre y madre no quieren que ellos aprendan todas las cosas anticatólicas que se enseñan allí.

John Paul quería preguntar qué significaba «anticatólico», pero se dio cuenta de que debía de significar algo como «contra los católicos», así que no valía la pena preguntar para que Andrew volviera a llamarlo tonto.

En vez de eso, pensó una y otra vez cómo era posible que una guerra hiciera que todas las naciones le dieran el poder a un único hombre, y que ese único hombre les dijera a todos cuántos hijos podían tener, y que a todos los otros hijos los dejaran fuera de la escuela. En realidad, era una ventaja, ¿no? No ir a la escuela. ¿Cómo, de no haber estado en el mismo salón escuchando lo que les enseñaban a Anna, Andrew, Peter, Catherine, Nicholas y Thomas, habría podido aprender algo John Paul? Lo más desconcertante era la idea de que la escuela podía enseñar cosas anticatólicas.

—Todos somos católicos, ¿no? —le preguntó una vez a padre.

—En Polonia, sí; o eso dicen. Y es bastante cierto.

Los ojos de padre estaban cerrados. Siempre que se sentaba tenía los ojos casi cerrados. Incluso cuando comía, indefectiblemente parecía que estuviera a punto de caerse y dormirse. Era porque tenía dos trabajos; el legal durante el día y el ilegal durante la noche. Excepto por la mañana, John Paul casi nunca veía a padre y, como estaba tan cansado para hablar, madre no lo dejaba molestarlo.

Aunque padre le había contestado, madre lo hizo callar.

—No fastidies a tu padre con preguntas, tiene cosas más importantes en la cabeza.

—No tengo nada en la cabeza —dijo padre, cansado—. No tengo cabeza.

—Lo que tú digas —le contestó madre.

Pero John Paul tenía otra pregunta y tenía que hacerla.

—Si todos somos católicos, ¿por qué la escuela enseña cosas anticatólicas?

Padre lo miró como si estuviera loco.

—¿Qué edad tienes?

No debió de haber entendido lo que John Paul le preguntó, porque no tenía nada que ver con la edad.

—Tengo cinco años, padre, ¿no lo sabes? Pero ¿por qué la escuela enseña cosas anticatólicas?

Padre miró a madre.

—¿Por qué le enseñas eso? Solo tiene cinco años.

—John Paul, tú se lo has enseñado protestando siempre contra el Gobierno —le recriminó madre.

—No es nuestro Gobierno, es una ocupación militar. Un intento más de acabar con Polonia.

—Venga, sí, sigue hablando, así te amonestarán otra vez y perderás el trabajo. ¿Qué haremos entonces?

Era obvio que John Paul no iba a conseguir respuesta alguna, por eso se dio por vencido y se guardó la pregunta para más adelante, para cuando tuviera más información y pudiera conectarla con lo que ya sabía.

La vida de John Paul era así cuando tenía cinco años: madre trabajaba constantemente, cocinaba y atendía a los bebés, a la vez que trataba de sacar adelante su escuela en la sala de estar; padre se iba a trabajar de madrugada, antes de que el sol asomara; los niños, todos despiertos para que pudieran ver a su padre al menos una vez al día.

Hasta que un día padre no fue a trabajar.

Madre y padre estaban muy tensos y callados a la hora del desayuno, y cuando Anna les preguntó por qué padre no estaba vestido para ir a trabajar, madre replicó de mal humor y con un tono que significaba que no debía preguntar más:

—Hoy no irá a trabajar.

Con dos profesores, las lecciones deberían haber sido mejor aquel día, pero padre era un profesor impaciente y puso de tan mal humor a Anna y a Catherine que las dos se escaparon a sus habitaciones y él terminó yendo al jardín a fumar.

Entonces llamaron a la puerta. Madre tuvo que mandar a Andrew corriendo a buscar a padre, que enseguida entró quitándose la tierra de las manos. Mientras se acercaba, volvieron a llamar dos veces más, cada una con más insistencia.

Padre abrió la puerta y se plantó de pie en el marco, ocupando el espacio con el cuerpo.

—¿Qué quiere? —preguntó en la lengua común en vez de hablar en polaco, al darse cuenta de que quien estaba en la puerta era extranjero.

Contestaron en voz baja, pero John Paul oyó la respuesta claramente. Era una voz de mujer y dijo:

—Soy del programa de exámenes de la Flota Internacional. Tengo entendido que usted tiene tres hijos de entre seis y doce años.

—Nuestros hijos no son de su incumbencia.

—La verdad, señor Wieczorek, es que la ley impone el examen obligatorio y estoy aquí para cumplir con mi obligación en virtud de esa ley. Si lo prefiere, puedo llamar a la policía militar para que vengan a explicárselo —respondió ella tan amablemente que John Paul casi no se percató de que no era una oferta, sino una amenaza.

Padre dio un paso atrás, con expresión sombría.

—¿Qué hará? ¿Mandarme a prisión? Han hecho leyes que le prohíben a mi esposa trabajar, tenemos que educar a nuestros hijos en casa y ahora intentan quitarle el pan a mi familia.

—La política del Gobierno no la hago yo —dijo la mujer mientras inspeccionaba la habitación abarrotada de críos—. Lo único que me importa es examinar a los niños.

Andrew intervino:

—Peter y Catherine ya han aprobado el examen del Gobierno. Solo hace un mes que han pasado de curso.

—Esto no tiene nada que ver con pasar de curso —dijo la mujer—. No soy de las escuelas o del Gobierno polaco...

—No hay un Gobierno polaco —replicó padre—; solo una ocupación del ejército para imponer la dictadura de la Hegemonía.

—Soy de la Flota —dijo la mujer—. La ley nos prohíbe expresar opiniones sobre la política hegemónica mientras llevamos el uniforme. Cuanto más pronto empiece con el examen, antes podrán volver a su vida cotidiana. ¿Todos ellos hablan lengua común?

—Por supuesto —respondió madre, orgullosa—; por lo menos tan bien como el polaco.

—Me quedaré a ver el examen —dijo padre.

—Lo siento, señor —le dijo la mujer—, pero usted no va a presenciarlo. Necesito una habitación donde pueda estar a solas con cada niño. Si no hay más que una habitación en la casa, tendrán que esperar fuera o irse a casa del vecino. Y ahora voy a hacer esos exámenes.

Padre quería enfrentarse a ella, pero no tenía armas para aquella batalla, así que bajó la mirada.

—No importa si los examina o no. Aunque aprueben, no dejaré que se los lleve.

—Hablaremos de eso cuando llegue el momento —dijo la mujer. Se veía que estaba triste y John Paul entendió por qué: ella sabía que padre no podría decidir nada, pero no quería decirlo y avergonzarlo. Solo quería hacer su trabajo e irse.

No comprendía cómo sabía todo aquello, pero a veces se le ocurría sin más. No era como con los acontecimientos históricos, con la geografía o con las matemáticas, que hay que aprender los hechos antes de saberlas. Con solo mirar y escuchar a las personas, podía percibir cosas sobre ellas; podía entender qué querían o por qué hacían lo que hacían. Por ejemplo, cuando sus hermanos reñían, solía comprender qué causaba la disputa y la mayoría de las veces sabía, sin esforzarse en pensarlo, qué debía decir para que la disputa terminara. A veces no lo decía porque no le importaba que se pelearan, pero cuando uno de ellos se enfadaba de verdad —lo suficiente como para pegarle al otro—, John Paul decía lo que hacía falta y la pelea se acababa, sin más.

Con Peter, solía decir algo como «Haz lo que él dice; Peter es el jefe de todos». Entonces Peter se ponía colorado, dejaba la habitación y se terminaba la discusión; así de fácil, porque Peter odiaba que pensaran que era mandón. Pero aquello no funcionaba con Anna; con ella era necesario decir algo como «Estás poniéndote roja». Luego John Paul se reía y ella se iba afuera a chillar, volvía a la casa y daba vueltas enfurecida, pero la pelea había terminado. Eso pasaba porque Anna detestaba parecer graciosa o tonta.

Y en aquel momento, sabía que si decía: «Papá, tengo miedo», padre echaría a la mujer de la casa y luego tendría muchos problemas. Pero si decía: «Papá, ¿puedo hacer el examen yo también?», padre se reiría y no se sentiría humillado, triste o enfadado.

Así que lo dijo.

Padre se rio.

—Ese es John Paul, siempre quiere hacer más de lo que es capaz de hacer.

La mujer miró a John Paul.

—¿Qué edad tiene?

—Todavía no ha cumplido seis años —respondió madre bruscamente.

—¡Ah! —dijo la mujer—. Bueno, entonces supongo que estos son Nicholas, Thomas y Andrew.

—¿Por qué no me examina? —reclamó Peter.

—Me temo que tú ya eres demasiado mayor —contestó ella—. Para cuando la Flota sea capaz de tener acceso a naciones insumisas... —Su voz se apagó.

Peter se levantó triste y dejó la habitación.

—¿Y por qué no a las chicas? —preguntó Catherine.

—Porque las chicas no quieren ser soldados —le respondió Anna.

Entonces John Paul se dio cuenta de que no era un examen de los normales del Gobierno. Peter quería hacerlo y Catherine estaba celosa porque a las chicas no se les permitía.

Si se trataba de un examen para ser soldado, era absurdo considerar a Peter demasiado mayor. Era el único que tenía la estatura de un hombre. ¿Acaso pensaban que Andrew o Nicholas podrían cargar un arma y matar gente? Quizá pudiera Thomas, pero, a pesar de ser alto, era bastante gordo y tenía el aspecto de los soldados que John Paul había visto.

—¿Con quién desea comenzar? —preguntó madre—. ¿Podría hacerlo en el dormitorio? Así puedo seguir con las clases.

—El reglamento requiere que lo haga en una habitación con acceso a la calle y con la puerta abierta.

—¡Venga!, por el amor de... no vamos a agredirle —dijo padre.

La mujer miró brevemente a padre y luego a madre, y los dos se rindieron. John Paul se dio cuenta: seguro que habían atacado a algún examinador; seguro que lo llevaron al cuarto de atrás y allí lo hirieron; o lo mataron. Era un oficio peligroso. Seguro que había gente aún más enfadada por el examen que padre y madre. ¿Por qué padre y madre lo detestaban y lo temían si Peter y Catherine querían hacerlo?

A pesar de que había pocas camas en el cuarto de las chicas, resultó imposible continuar normalmente con las clases. Al cabo de un rato, madre les dio unos minutos de lectura libre a fin de ocuparse de los bebés. John Paul le preguntó si podía leer en otra habitación y le dijo que sí. Claro, ella supuso que se refería al otro dormitorio, porque cuando alguien en la familia decía «la otra habitación» quería decir el otro dormitorio. Pero John Paul no tenía intención de ir allí; en lugar de eso, se dirigió a la cocina.

Padre y madre les habían prohibido a los niños entrar en la sala de estar mientras hacían el examen, pero eso no le impedía a John Paul sentarse en el suelo, fuera de la estancia, leyendo un libro mientras escuchaba el examen. Se dio cuenta de que la examinadora le echaba un vistazo de vez en cuando, pero no le decía nada, así que él siguió leyendo. Se trataba de un libro sobre la vida de Juan Pablo II, el gran papa polaco por el que le habían puesto el nombre. A John Paul le resultaba fascinante, ya que por fin iba a obtener respuestas a alguna de sus preguntas sobre por qué los católicos eran diferentes y por qué al Hegemón no le gustaban.

Mientras leía, escuchaba el examen. No era como el del Gobierno, en el que hacían preguntas sobre hechos y tenían que resolver problemas matemáticos o nombrar partes del discurso. En vez de eso, ella preguntaba cosas que la verdad es que no tenían una respuesta exacta, como qué les gustaba y qué no, y por qué la gente hacía las cosas que hacía. Después de quince minutos de aquellas preguntas, empezó el examen escrito, con más problemas de los habituales.

De hecho, al principio a John Paul no le pareció que aquellas preguntas fueran parte del examen. Solo después de que ella le preguntara lo mismo a cada chico y al ver las diferencias en las respuestas, se dio cuenta de que esa era la misión principal, y por la forma en la que se involucraba y se ponía tensa al preguntar, John Paul se percató de que las preguntas eran más importantes que la parte escrita del examen.

Él también deseaba contestarlas. Quería examinarse. Le gustaba hacer exámenes. Siempre respondía en voz baja cuando sus hermanos mayores hacían exámenes, para ver si podía responder tantas preguntas como ellos. Cuando la mujer estaba terminando con Andrew, John Paul estuvo a punto de preguntar si podía hacer el examen, pero la mujer se dirigió a madre.

—¿Qué edad tiene este?

—Ya se lo hemos dicho —respondió madre—. Solo tiene cinco años.

—Mire lo que está leyendo.

—Se limita a pasar las hojas. Es un juego. Está imitando a los mayores.

—Está leyendo —dijo la mujer.

—¿Así que lleva aquí un par de horas y sabe más sobre mis hijos que yo, que les doy clase todos los días durante varias horas?

La mujer no discutió.

—¿Cómo se llama?

Madre no quiso responder.

—John Paul —contestó el niño.

Madre lo miró. Andrew hizo lo mismo.

—Quiero hacer el examen —dijo él.

—Eres muy pequeño —le respondió Andrew en polaco.

—Dentro de tres semanas cumplo seis años —replicó John Paul en lengua común. Quería que la mujer lo entendiera.

Ella asintió.

—Estoy autorizada a examinarlo aunque no llegue a la edad —dijo ella.

—Está autorizada pero no obligada —le replicó padre mientras entraba en la habitación—. ¿Qué está haciendo él aquí?

—Ha dicho que se iba a otra habitación a leer —le contestó madre—. Pensé que se refería al otro dormitorio.

—Estaba en la cocina —dijo John Paul.

—No ha molestado ni lo más mínimo —comentó la mujer.

—¡Qué desastre! —dijo padre.

—Me gustaría examinarlo —insistió la mujer.

—No —respondió padre.

—Alguien tendrá que venir dentro de tres semanas y hacerlo, entonces —dijo ella—. Y les molestará otro día. ¿Por qué no terminar con esto hoy?

—El niño ha oído las respuestas —dijo madre—. Ha estado sentado aquí escuchando.

—No es ese tipo de examen —le respondió la mujer—. No hay problema.

John Paul notaba que padre y madre estaban a punto de rendirse, así que no se molestó en decir nada para intentar convencerlos. No quería usar muy a menudo su habilidad para decir las palabras correctas, porque si no, podían descubrirlo y dejaría de funcionar.

La conversación duró un par de minutos más y entonces John Paul se sentó en el sofá al lado de la mujer.

—Es verdad que estaba leyendo —le dijo John Paul.

—Ya lo sé —le contestó la mujer.

—¿Cómo? —preguntó John Paul.

—Porque pasabas las hojas con un ritmo regular —le explicó—. Lees muy rápido, ¿no es así?

John Paul asintió.

—Cuando se trata de algo interesante.

—¿Juan Pablo II es un hombre interesante?

—Hizo lo que creyó que tenía que hacer —respondió John Paul.

—Te pusieron ese nombre por él —sugirió ella.

—Fue muy valiente —le contestó John Paul—. Y cuando algo le parecía importante, nunca hacía lo que la gente mala quería que hiciera.

—¿Qué gente mala?

—Los comunistas —respondió John Paul.

—¿Cómo sabes que son mala gente? ¿Lo dice tu libro?

John Paul se dio cuenta de que no lo decía con palabras.

—Obligaban a la gente a hacer cosas. Estaban tratando de castigar a la gente por ser católica.

—¿Y eso es malo?

—Dios es católico —dijo John Paul.

La mujer sonrió.

—Los musulmanes piensan que Dios es musulmán.

John Paul digirió la idea.

—Algunas personas piensan que Dios no existe.

—Cierto —le contestó la mujer.

—¿Qué es cierto? —le preguntó él.

Ella ocultó la risa.

—Que algunas personas piensan que Dios no existe. Yo no lo sé; no tengo opinión sobre ese tema.

—Eso significa que usted no cree que exista Dios —dijo John Paul.

—¿Ah, sí?

—Eso decía Juan Pablo II: que decir que no sabes si existe Dios o que no te importa es lo mismo que decir que no crees, porque si tuvieras al menos la esperanza de que exista, te andarías con cuidado.

Ella se rio.

—¿Así que solo estabas pasando páginas?

—Puedo contestar todas sus preguntas —afirmó él.

—¿Antes de que te las pregunte?

—No le pegaría —contestó John Paul, respondiendo a qué haría si algún amigo tratara de quitarle algo suyo—. Porque, si no, después, no querría ser mi amigo. Pero tampoco lo dejaría quedarse con lo mío.

La siguiente pregunta después de esa respuesta había sido: «¿Cómo lo detendrías?», así que John Paul fue directo, sin pausa.

—Yo lo detendría diciendo: «Puedes quedártelo.

Te lo regalo, así que ahora es tuyo, porque prefiero tenerte como amigo que quedarme con esa cosa.»

—¿Dónde aprendiste eso? —le preguntó la mujer.

—Esa no es una de las preguntas —le contestó John Paul.

Ella movió la cabeza.

—Tienes razón, no lo es.

—Me parece que a veces tienes que herir a la gente —dijo John Paul, respondiendo a la cuestión «a veces tienes derecho a hacerle daño a otros».

Respondió a todas las preguntas que seguían después, sin que ella tuviera que formulárselas. Lo hizo en el mismo orden en el que se las había planteado a sus hermanos y cuando terminó, dijo:

—Ahora la parte escrita. No conozco esas preguntas porque no pude verlas y usted no las dijo en voz alta.

Fueron más fáciles de lo que pensaba. Eran preguntas sobre formas, recordar algo, elegir la frase correcta y hacer cálculos, cosas de ese estilo. Ella miraba el reloj, así que se dio prisa. Cuando terminó todo, la mujer se quedó allí sentada, observándolo.

—¿Lo hice bien? —preguntó John Paul.

Ella asintió.

Él estudió su cara, cómo se sentaba, la inmovilidad de sus manos, el modo de mirarlo, la forma en la que respiraba. Se dio cuenta de que estaba bastante entusiasmada pero trataba de mantenerse tranquila, por eso no hablaba. No quería que él lo supiera.

Pero él lo sabía. Él era lo que ella había ido a buscar allí.

—Habrá quien diga que por eso las mujeres no sirven como examinadoras —dijo el coronel Sillain.

—Pues ese alguien será deficiente mental —respondió Helena Rudolf.

—Demasiado sensibles a una cara bonita —argumentó Sillain—, demasiado propensas a sentir ternura y a permitirle al niño dudar de todo.

—Por fortuna, usted no alberga ninguna sospecha —siguió Helena.

—No —afirmó Sillain—, porque sé que usted no tiene corazón.

—Ya ve —dijo Helena—, al fin nos entendemos.

—Y dice que ese polaquito de cinco años es mucho más que precoz.

—Le aseguro que es lo que mejor detecta nuestro examen: precocidad general.

—Se están desarrollando exámenes mejores, específicos para la habilidad militar, y para más jóvenes de lo que piensa.

—¡Lástima que sea demasiado tarde!

El coronel Sillain se encogió de hombros.

—Hay una teoría que dice que no es necesario que sigan un curso entero de entrenamiento.

—Sí, sí, he leído todo sobre la juventud de Alejandro, pero también le ayudó ser el hijo del rey y luchar contra un ejército de mercenarios desmotivados.

—Así que le parece que los insectores están motivados.

—Los insectores son el sueño de un comandante —dijo Helena—: no cuestionan órdenes, se limitan a cumplirlas; cualquier cosa.

—También pueden ser una pesadilla —objetó Sillain—; no piensan por sí mismos.

—John Paul Wieczorek es muy especial y dentro de treinta y cinco años tendrá cuarenta, así que no habrá que probar la teoría de Alejandro —afirmó Helena.

—Lo dice como si estuviera segura de que él será el elegido.

—No lo sé —dijo Helena—, pero algo es. Las cosas que dice...

—Leí su informe.

—Cuando dijo «prefiero tenerte como amigo que conservar la cosa», casi estallo. ¡Es que tiene cinco años!

—¿Y eso no la alarmó? Suena como entrenado.

—Pero no lo era. Sus padres no querían que examinara a ninguno de los hijos, y menos a él, por ser menor de edad.

—Eso es lo que le dijeron, que no querían.

—El padre no fue a trabajar aquel día para intentar evitarlo.

—O para hacerle creer que quería evitarlo.

—No puede permitirse perder un día de paga. A los padres insumisos no les pagan las vacaciones.

—Ya sé —dijo Sillain—. ¿No sería irónico si ese John Paul como se llame...?

—Wieczorek.

—Sí, eso. ¿No sería irónico que, después de todos nuestros esfuerzos por controlar a la población (por el bien de la guerra, que conste) resultara que nuestro comandante de la Flota fuera el séptimo hijo de unos padres insumisos?

—Sí, muy irónico.

—Creo que hay una teoría que dice que el orden de nacimiento predice que solo los primogénitos tendrán la personalidad para lo que necesitamos.

—Y que todos los demás serán iguales. Pero no es así.

—Estamos adelantándonos a los acontecimientos, capitana Rudolf —dijo Sillain—. Los padres no suelen decir que sí, ¿no?

—La verdad es que no —respondió Helena.

—Así que todo es irrelevante, ¿verdad?

—No si...

—¡Ah, claro! Sería muy inteligente hacer que esto diera origen a un incidente internacional. —Sillain se echó hacia atrás en la silla.

—No creo que fuera un incidente internacional.

—El tratado con Polonia tiene una cláusula de control paterno muy estricta: hay que respetar a la familia.

—Los polacos están muy ansiosos por volver a ser parte del mundo. No van a invocar esa cláusula, si les hacemos ver lo importante que es ese chico.

—¿Lo es? —preguntó Sillain—. Esa es la pregunta: si el chico vale tanto la pena como para arriesgarnos a armar semejante lío.

—Si empieza a haber lío, podemos echarnos atrás —dijo Helena.

—Vaya, veo que ha hecho un intenso trabajo de relaciones públicas.

—Vaya a verlo usted mismo —dijo Helena—. Cumplirá seis años en unos días. Vaya a verlo y luego dígame si vale tanto la pena como para arriesgarse a que se arme un incidente internacional.

No era así, en absoluto, como John Paul quería pasar su cumpleaños. Durante el día madre había hecho caramelo con el azúcar que le había pedido a los vecinos y John Paul quería chuparlo, no masticarlo, para que le durara más. Pero padre le dijo que o lo escupía en la basura o se lo tragaba, así que se lo había tragado y había desaparecido; y todo por aquella gente de la Flota Internacional.

—Los resultados del examen preliminar son dudosos —dijo el hombre.

—Quizá porque el chico había oído tres exámenes previos. Necesitamos obtener información precisa, eso es todo.

Estaba mintiendo; era obvio por la forma en la que se movía y porque miraba a padre directo a los ojos, sin vacilar. Un mentiroso que sabía que mentía e intentaba aparentar que no estaba mintiendo. Thomas siempre lo hacía. Engañaba a padre, pero nunca a madre ni tampoco a John Paul.

Si aquel hombre mentía, entonces ¿por qué? ¿Por qué iba a examinar a John Paul otra vez? Recordó lo que había pensado tres semanas atrás después de hacer el examen con la mujer: que ella había encontrado lo que había ido a buscar. Pero como luego no pasó nada, se imaginó que se había equivocado. Ahora ella había vuelto y el hombre que la acompañaba estaba mintiendo.

Confinaron a la familia en las otras habitaciones. Estaba atardeciendo, era hora de que padre fuera a su segundo trabajo, solo que no podía ir mientras aquellas personas estuvieran allí; si se iba podían saber, suponer o preguntarse qué era lo que hacía a esas horas de la tarde. Por eso, cuanto más tiempo se entretuvieran con aquello, menos dinero ganaría padre esa noche y, por lo tanto, menos tendrían para comer y vestirse.

El hombre mandó a la mujer salir de la habitación. Eso le molestó a John Paul. Le gustaba la mujer y no le gustaba nada la forma en la que el hombre miraba su casa, a los otros niños, a madre y a padre. Como si se creyera mejor que ellos.

El hombre le hizo una pregunta. John Paul contestó en polaco en vez de en lengua común. El hombre lo miró sin comprender y exclamó:

—¡Pensé que hablaba lengua común!

La mujer asomó la cabeza. Al parecer se había quedado en la cocina.

—La habla con fluidez —dijo la mujer.

El hombre volvió a mirar a John Paul, ya sin desdén.

—Entonces ¿a qué estás jugando?

—La única razón de que seamos pobres es que el Hegemón castiga a los católicos por obedecer a Dios —respondió John Paul en polaco.

—En lengua común, por favor —le pidió el hombre.

—La lengua se llama inglés —dijo John Paul en polaco—. ¿Y por qué debería hablar con usted?

El hombre suspiró.

—Perdón por hacerte perder el tiempo.

Se puso de pie. La mujer volvió a la habitación. Pensaban que susurraban, pero, como la mayoría de los adultos, creían que los niños no entendían las conversaciones de las personas mayores, así que no se preocuparon por ser discretos.

—Está desafiándolo —dijo la mujer.

—Sí, eso me ha parecido —contestó irritado el hombre.

—De manera que si se va, él gana.

Bien dicho, pensó John Paul. Aquella mujer no era estúpida. Sabía qué decir para lograr que el hombre hiciera lo que ella quería.

—O alguien lo hace.

Se acercó a John Paul.

—El coronel Sillain piensa que yo mentía cuando le dije que hiciste muy bien los exámenes.

—¿Cómo de bien los hice? —preguntó John Paul en lengua común.

A la mujer se le dibujó una leve sonrisa en el rostro y miró otra vez al coronel Sillain, que se sentó de nuevo.

—Está bien. ¿Estás listo?

—Estoy listo si usted habla polaco —contestó John Paul en esa lengua.

Impaciente, Sillain se volvió hacia la mujer.

—¿Qué es lo que quiere?

—Dígale que no quiero que me examine un hombre que cree que mi familia es escoria —le explicó John Paul a la mujer en lengua común.

—En primer lugar —dijo el hombre—, yo no creo eso.

—Mentiroso —le replicó John Paul en polaco.

Se volvió hacia la mujer. Ella se encogió de hombros sin poder hacer nada.

—Yo tampoco hablo polaco.

—Nos gobiernan, pero no se molestan en aprender nuestra lengua. En cambio nosotros aprendemos la suya —dijo John Paul en lengua común.

Ella se rio.

—No es mi lengua ni la de él. La lengua común es un dialecto universalizado del inglés, y yo soy alemana y él es finlandés —aclaró ella, señalando a Sillain—. Nadie habla ya su lengua; ni siquiera los finlandeses.

—Escucha —dijo Sillain, mirando otra vez a John Paul—. No voy a darle más vueltas al asunto. Tú hablas lengua común y yo no hablo polaco, así que contesta mis preguntas en lengua común.

—¿Qué va a pasar si no lo hago? —preguntó John Paul en polaco—. ¿Me llevará a la cárcel?

Era divertido mirar a Sillain irritarse, pero su padre, que parecía muy agotado, entró en la habitación.

—John Paul —le dijo—. Haz lo que el hombre te pide.

—Quieren llevarme lejos de ti —se lamentó John Paul en lengua común.

—Nada de eso —le corrigió el hombre.

—Está mintiendo —contestó John Paul.

El hombre se ruborizó.

—Y nos odia. Él piensa que somos pobres y que es asqueroso tener tantos hijos.

—No es cierto —apostilló Sillain.

Padre lo ignoró.

—Somos pobres, John Paul.

—Solo a causa de la Hegemonía —respondió John Paul.

—No utilices mis propias palabras en mi contra —dijo padre; pero lo dijo en polaco—. Si no haces lo que ellos quieren, puede que ellos nos castiguen a tu madre y a mí.

A veces padre también sabía decir las palabras precisas.

John Paul miró a Sillain.

—No quiero estar solo con usted. Quiero que se quede ella durante el examen.

—Parte del examen es ver si se te da bien obedecer órdenes —le explicó Sillain.

—Entonces suspendo —dijo John Paul.

Tanto padre como la mujer se rieron. Sillain no lo hizo.

—Es obvio que han entrenado a este chico para que no colabore. Capitana Rudolf, vámonos.

—No ha sido entrenado —objetó padre.

John Paul se daba cuenta de que parecía algo preocupado.

—No me ha entrenado nadie —corroboró también John Paul.

—La madre ni siquiera sabía que lee como si fuese un universitario —dijo la mujer con calma.

¿Cómo si fuera un universitario? John Paul pensó que aquello era ridículo. Una vez que sabes las letras, leer es leer. ¿Cómo podía haber grados?

—Ella quería que pensaras que no lo sabía —dijo Sillain.

—Mi madre no miente —objetó John Paul.

—No, no, por supuesto que no —admitió Sillain—. No tenía la intención de insinuar...

Se le notaba la verdad: que estaba asustado. Temía que John Paul pudiera no hacer el examen. Su miedo significaba que John Paul tenía poder en aquella situación. Más del que había pensado.

—Responderé sus preguntas —dijo John Paul—, si la señora se queda aquí.

Sabía que esta vez Sillain diría que sí.

Se reunieron con una docena de expertos y líderes militares en una sala de conferencias en Berlín. Todos habían visto los informes del coronel Sillain y de Helena, así como las calificaciones del examen de John Paul. También vieron el vídeo de la conversación de Sillain con el niño antes, durante y después del examen.

Helena se lo pasaba bien al advertir la rabia que le daba a Sillain que aquel chico polaco de seis años lo manipulara. No lo había visto tan claro entonces, por supuesto, pero al pasar el vídeo una y otra vez, resultaba muy obvio. Aunque todos los reunidos eran muy amables, hubo algunas cejas levantadas, un gesto con la cabeza, un par de medias sonrisas cuando John Paul dijo: «Entonces suspendo.»

Al acabar el vídeo, habló un general ruso del Departamento de Strategos.

—¿Estaba fanfarroneando?

—Tiene seis años —apostilló el joven de la India, que representaba al Polemarch.

—Eso es lo que lo hace tan aterrador —afirmó el profesor que estaba ahí en representación de la Escuela de Batalla—. Pasa lo mismo con todos los chicos de la Escuela. La mayoría de la gente vive su vida sin conocer a ningún niño como esos.

—Entonces, capitán Graff, ¿está diciendo que no es nada especial? —preguntó el indio.

—Son todos especiales —contestó Graff—, pero este... su examen es bueno, un nivel superior. No es el mejor que hemos visto, pero los exámenes no dicen tanto como quisiéramos. Lo que me impresiona es su habilidad para negociar.

Helena quería decir que quizás el coronel Sillain no era nada hábil en eso, pero sabía que no era justo. Sillain había intentado engañarlo y el muchacho se había dado cuenta. ¿Quién hubiera pensado que un niño tendría el ingenio de descubrirlo?

—La verdad es que es muy inteligente abrir la Escuela de Batalla a naciones insumisas —concedió el indio.

—Hay un problema, capitán Chamrajnagar —objetó Graff—; de todos estos documentos, de ese vídeo, de nuestra conversación, no se desprende que el chico esté dispuesto a irse.

Alrededor de la mesa se hizo el silencio.

—Bueno, no, por supuesto que no —aceptó el coronel Sillain—. Primero teníamos que mantener esta reunión. Hay cierta hostilidad por parte de los padres. El padre se quedó en casa en vez de ir a trabajar cuando Helena... la capitana Rudolf fue a examinar a los tres hermanos mayores. Pienso que puede ser un problema y por eso antes de hablar con ellos necesitamos evaluar cuánto apoyo nos brindarán.

—¿Se refiere a apoyo para forzar a la familia? —preguntó Graff.

—O para persuadirla —le contestó Sillain.

—Los polacos son gente terca —comentó el general ruso—. Está en el carácter eslavo.

—La fiabilidad de los exámenes para mostrar la capacidad militar es de más del noventa por ciento —aseguró Graff.

—¿Tiene algún examen que mida el liderazgo? —preguntó Chamrajnagar.

—Es uno de los componentes —respondió Graff.

—Porque este muchacho lo tiene, fuera de serie —dijo Chamrajnagar—. De hecho, no he visto el historial y lo sé.

—El verdadero campo de entrenamiento en liderazgo está dentro del juego —advirtió Graff—; pero sí, pienso que este chico lo hará bien.

—Si es que va —les recordó el ruso.

—Yo creo que el coronel Sillain no debería dar el siguiente paso —afirmó Chamrajnagar.

Aquello dejó a Sillain balbuceando. Helena hizo un esfuerzo por no sonreír, y argumentó:

—El coronel Sillain es el líder del equipo, según el protocolo...

—Pero ya se ha significado —dijo Chamrajnagar—. No critico al coronel Sillain, por favor; no sé a quién de nosotros le habría ido mejor. Pero el chico lo hizo recular y no creo que ese precedente ayude.

Sillain era lo suficientemente arribista como para saber cuándo era necesario echarse atrás.

—Lo que más convenga para lograr la misión, por supuesto.

Helena sabía lo furioso que debía de estar con Chamrajnagar, pero no mostraba señales de ello.

—La pregunta que el coronel Sillain hizo sigue en pie —recordó Graff—. ¿Qué autoridad se le dará al negociador?

—Toda la autoridad que necesite —contestó el general ruso.

—Pero eso es, precisamente, lo que no sabemos —dijo Graff.

—Creo que mi colega del Departamento de Strategos está diciendo que cualquier incentivo que el negociador considere adecuado va a ser apoyado por los Strategos. Ciertamente el Departamento del Polemarch comparte el punto de vista —respondió Chamrajnagar.

—No creo que el chico sea tan importante —argumentó Graff—. La idea de la Escuela de Batalla es empezar el entrenamiento militar durante la niñez con el fin de construir hábitos tanto de pensamiento como de acción. Pero tenemos información suficiente para sugerir...

—Conocemos la teoría —lo interrumpió el general ruso.

—No empecemos otra vez esa discusión aquí —pidió Chamrajnagar.

—Los resultados bajan un poco cuando los aprendices alcanzan la edad adulta —dijo Graff—. Es un hecho, por mucho que no nos gusten las consecuencias.

—¿Saben más pero también lo hacen peor? —preguntó Chamrajnagar—. Parece que no pueda ser. Es increíble y por mucho que lo admitamos, no sabemos cómo interpretarlo.

—Significa que necesitamos a ese chico, porque así no tendremos que esperar a que un niño llegue a adulto.

El general ruso preguntó con desdén:

—¿Poner la guerra en manos de un niño? Espero que no estemos tan desesperados.

Hubo un largo silencio; después habló Chamrajnagar, que parecía haber estado recibiendo instrucciones a través de un auricular:

—El Departamento del Polemarch cree que como la información de la que habla el capitán Graff es incompleta, es prudente actuar como si, de hecho, necesitáramos a ese chico. El tiempo pasa y es imposible saber si podría llegar a ser nuestra última oportunidad.

—El Strategos está de acuerdo —dijo el general ruso.

—Sí —afirmó Graff—; como he dicho, los resultados no son oficiales.

—Entonces —dijo el coronel Sillain—. Autoridad total. Para quien vaya a negociar.

—Yo creo que el director de la Escuela de Batalla ha demostrado a quién le tiene más confianza —opinó Chamrajnagar.

Todas las miradas se dirigieron al capitán Graff.

—Estaré encantado de que me acompañe la capitana Rudolf como ayudante. Creo que tenemos claro que el chico polaco prefiere que ella esté presente.

Aquella vez, cuando llegó la gente de la Flota, padre y madre estaban preparados. Su amiga Magda era abogada y, a pesar de que por ser insumisa tenía prohibido ejercer la abogacía, se sentó entre los dos en el sofá.

John Paul no estaba en la habitación.

—No dejéis que intimiden al crío —dijo Magda.

Acto seguido, madre y padre le prohibieron a él entrar en la habitación, así que ni siquiera los vio llegar. Sin embargo, podía oírlo todo desde la cocina. Se dio cuenta enseguida de que el hombre que no le gustaba, el coronel, no estaba, pero la mujer sí; y había otro hombre con ella. Su voz no sonaba como si estuviera mintiendo. Lo llamaban capitán Graff.

Tras intercambiar unas palabras de cortesía —para ofrecer un asiento y algo de beber—, Graff fue directo al grano:

—Veo que no quieren que vea al niño.

—Sus padres creen que es mejor para él no estar presente —respondió Magda, bastante tajante.

Se quedaron en silencio un momento.

—Magdalena Teczlo —dijo Graff sin alterarse—. Supongo que esta buena gente ha invitado a una amiga a sentarse con ellos hoy, pero no me gustaría pensar que esté en calidad de abogada.

Si Magda respondió, John Paul no pudo oírla.

—Me gustaría ver al chico ahora —pidió Graff.

Padre empezó a explicar que eso no iba a ocurrir, así que si era todo lo que quería, podría darse por vencido y volverse a casa.

Otro largo silencio. Ningún sonido indicó que el capitán Graff se levantara de la silla y eso no podía hacerse en silencio, así que debía de seguir sentado, sin decir nada; sin moverse, pero sin intentar convencerlos.

Era una pena, porque John Paul quería ver qué diría para lograr que hicieran lo que él deseaba. Había sido fascinante cómo había hecho callar a Magda. John Paul quería comprobar qué estaba pasando. Se asomó por detrás de la pared y se quedó observando. Graff no estaba haciendo nada. Su rostro no denotaba amenaza o intención de desafiarlos. Contemplaba amablemente a madre, luego a padre y después a madre otra vez, saltándose el rostro de Magda, como si esta no existiera, incluso su cuerpo parecía decir «no me notes, en realidad no estoy aquí».

Graff giró la cabeza y miró directo a John Paul. John Paul pensó que podía decir algo para crearle un problema, pero Graff se quedó mirándolo un momento y, luego, volvió a mirar a madre y a padre.

—Ustedes, claro, entenderán —empezó.

—No, no entiendo —dijo padre—. No van a ver al chico a menos que nosotros decidamos que lo vean; y para eso tendrán que cumplir nuestras condiciones.

Graff se quedó mirándolo inexpresivo.

—Él no es el sostén familiar. ¿Qué otro inconveniente puede usted argumentar?

—No queremos una limosna —dijo padre furioso—. No estamos buscando una compensación.

—Lo único que quiero es hablar con el chaval —aclaró Graff.

—A solas no —dijo padre.

—Con nosotros aquí —completó madre.

—Por mí está bien —aceptó Graff—, pero me parece que Magda está sentada en el lugar del muchacho.

Magda dudó un instante, se levantó y se fue. El portazo fue un poco más fuerte de lo normal.

Graff le hizo señas a John Paul, que acudió de inmediato y se sentó en el sofá entre sus padres. Graff empezó a hablarle sobre la Escuela de Batalla: que iría al espacio para aprender a ser un soldado y así poder ayudar a combatir a los insectores cuando vinieran otra vez a invadirlos.

—Quizá tú lideres algún día las patrullas en la batalla —sugirió Graff—; o puede que guíes a los soldados cuando se abran paso hasta las naves enemigas.

—No puedo ir —dijo John Paul.

—¿Por qué no? —preguntó Graff.

—Me perdería las clases —respondió el niño—. Mi madre nos enseña aquí, en esta habitación.

Graff no respondió, se limitó a estudiar el rostro de John Paul, que se sintió incómodo. La mujer de la Flota habló:

—Pero allí, en la Escuela de Batalla, tendrás maestros.

John Paul no la miró. Era a Graff a quien tenía que mirar. Él era quien tenía todo el poder ese día. Por fin Graff habló:

—Piensas que sería injusto para ti estar en la Escuela de Batalla, mientras tu familia sigue luchando por sobrevivir aquí.

John Paul no había pensado en eso. Pero ahora que Graff lo sugería...

—Somos nueve —dijo John Paul—. Es bastante difícil para mi madre enseñarnos a todos al mismo tiempo.

—¿Y si la Flota pudiera persuadir al Gobierno de Polonia...

—Polonia no tiene Gobierno —le cortó John Paul. Luego miró hacia arriba sonriéndole a su padre, que le devolvió la sonrisa.

—Los actuales gobernantes de Polonia —dijo Graff bastante divertido—. ¿Y si nosotros los persuadimos para que levanten las sanciones contra tus hermanos y hermanas?

John Paul lo pensó un momento. Trató de imaginarse cómo sería si pudieran ir todos a la escuela. Más fácil para madre. Estaría bien. Levantó la vista hasta padre, que parpadeó. John Paul conocía esa cara. Padre se contenía para no dejar ver que se sentía decepcionado. Así que había algo que no estaba bien.

Claro. Había sanciones contra padre también. Andrew le había explicado una vez que no se le permitía trabajar en su trabajo real. Debería estar enseñando en la universidad, pero en vez de eso, tenía que trabajar de oficinista todo el día, sentado al ordenador, y luego en trabajos de obrero por la noche, trabajos ocasionales en negro, en los ambientes católicos clandestinos. Si podían levantar las sanciones impuestas a los niños, ¿por qué no las de los padres?

—¿Por qué no pueden cambiar todas las reglas estúpidas? —preguntó John Paul.

Graff miró a la capitana Rudolf y luego a los padres de John Paul.

—Aunque pudiéramos, ¿deberíamos hacerlo? —les preguntó.

Madre acarició la espalda de John Paul.

—John Paul, tienes buenas intenciones, pero por supuesto que no podemos. Ni siquiera las sanciones contra la educación de los niños.

John Paul se enfureció. ¿Qué quería decir con «por supuesto»? Si se hubieran molestado en explicarle las cosas a él, entonces no habría cometido errores; pero no, incluso después de que aquella gente de la Flota fuera a comprobar que no era un niño idiota, lo trataban como si lo fuera. Pero no dejó ver su enfado. Eso nunca daba buenos resultados con padre y ponía nerviosa a madre, y entonces no podía pensar con claridad. Dijo lo único que podía decir:

—¿Por qué no? —preguntó con los ojos bien abiertos e inocentes.

—Lo entenderás cuando seas mayor —respondió madre.

Quería preguntar: «¿Y cuándo me entenderás tú a mí? Incluso después de ver que sé leer, sigues pensando que no sé nada.» Pero parecía ser que no sabía todo lo que necesitaba saber ni había visto lo que era obvio para todos aquellos adultos.

Si sus padres no se lo decían, tal vez aquel capitán lo haría. John Paul miró expectante a Graff. Y Graff le dio la explicación que él necesitaba:

—Todos los amigos de tus padres son católicos insumisos. ¿Qué pensarán si de repente tus hermanos y hermanas pueden ir a la escuela, y tu padre vuelve a la universidad?

Así que se trataba de los vecinos. John Paul no podía creer que sus padres sacrificarían a sus hijos e, incluso, a sí mismos, solo para que sus vecinos no estuvieran resentidos con ellos.

—Podemos mudarnos —dijo John Paul.

—¿Adónde? —preguntó padre—. Existen insumisos como nosotros y hay personas que renunciaron a su fe. Solo existen esos dos grupos y prefiero seguir como estamos a estar en el otro bando. No es por los vecinos, John Paul. Es por nuestra integridad. Es por nuestra fe.

No iba a funcionar. Ahora se daba cuenta. Había pensado que su idea de la Escuela de Batalla podría ayudar a su familia. Él habría ido al espacio; se habría ido y no habría vuelto a su casa durante años, si eso ayudara a su familia.

—Todavía puedes venir —dijo Graff—. Incluso si tu familia no quiere liberarse de las sanciones.

Entonces estalló padre. No gritaba, pero su voz era intensa y encendida.

—Queremos librarnos de las sanciones, imbécil. ¡Solo que no queremos ser los únicos libres! Queremos que la Hegemonía deje de decirles a los católicos que tienen que cometer pecado mortal y repudiar a la Iglesia. Queremos que la Hegemonía deje de forzar a los polacos a actuar como... alemanes.

John Paul conocía aquella perorata y sabía que su padre solía terminar la frase diciendo «forzando a los polacos a actuar como judíos, ateos y alemanes». Que no lo dijera era señal de que quería evitar las consecuencias de hablar frente a aquella gente de la Flota del mismo modo que hablaba frente a otros polacos. John Paul había leído lo suficiente de historia para saber por qué; y se le ocurrió que, aunque padre sufría mucho por las sanciones, tal vez el enfado y el resentimiento hacían que ya no perteneciera a la universidad. Padre conocía otras reglas y había elegido no vivir bajo ellas, pero no quería que los extranjeros educados supieran que no vivía bajo esas reglas. No quería que supieran que les echaba la culpa a los judíos y a los ateos; pero culpar a los alemanes estaba bien.

De repente, lo único que John Paul quería era dejar su hogar. Ir a una escuela donde no tuviera que seguir las clases de otros. El único problema era que John Paul no tenía interés en la guerra. Cuando leía historia, se saltaba esa parte. Pero se llamaba Escuela de Batalla, así que tendría que estudiar mucha guerra, estaba seguro, y al final, si no lo suspendían, tendría que servir en la Flota y recibir órdenes de hombres y mujeres como aquellos oficiales: cumplir la voluntad de otras personas toda la vida. Solo tenía seis años, pero ya sabía que odiaba tener que hacer lo que otras personas querían, incluso si estaban equivocados. No quería ser soldado. No quería tener que matar. No quería morir. No quería obedecer a aquella gente imbécil.

Al mismo tiempo, tampoco quería seguir en aquella situación. Amontonados en el piso gran parte del día. Con madre siempre cansada. Sin que nadie aprendiera todo lo que podía. Sin que nunca hubiese lo suficiente para comer. Con ropa vieja y desgastada, nunca lo bastante abrigado en invierno, siempre achicharrado en verano.

Todos pensaban que eran héroes, como Juan Pablo II frente a los nazis y los comunistas, porque se levantaban por su fe contra las mentiras y contra la maldad del mundo, igual que hizo Juan Pablo II como papa. Pero ¿y si resultaba que no eran héroes sino tercos y estúpidos? ¿Y si todos los demás tenían razón y las familias no deberían tener más de dos niños? Entonces él no habría nacido.

«¿De verdad estoy aquí porque Dios me quiere aquí?» Tal vez Dios quería que nacieran niños de todo tipo, pero el resto del mundo no los quería por sus pecados y a causa de las leyes del Hegemón. Quizás era como la historia de Abraham y Sodoma, en la que Dios estaba dispuesto a salvar la ciudad de la destrucción si podían encontrar veinte personas justas, o incluso diez. Tal vez ellos eran las personas justas cuya existencia salvaría el mundo, solo por servir a Dios y no inclinarse ante el Hegemón. «Pero no me basta con existir —pensó John Paul—. Quiero hacer algo. Quiero aprender todo, saber todo y hacer todo lo bueno. Poder elegir. Y quiero que mis hermanos y hermanas también puedan elegir. Nunca volveré a tener poder como ahora para cambiar el mundo a mi alrededor. En el momento en que la gente de la Flota decida que no me quiere más, no tendré otra oportunidad. Tengo que hacer algo.»

—No quiero quedarme aquí —dijo John Paul.

Pudo sentir el cuerpo de padre ponerse rígido a su lado y a madre, cuya garganta producía pequeñísimos sollozos.

—Pero no quiero ir al espacio —añadió. Graff no se movió; pero parpadeó.

»Nunca he ido a la escuela. No sé si me gustará —prosiguió John Paul—. Todas las personas que conozco son polacas y católicas. No sé lo que es estar con gente que no lo sea.

—Si no vas al programa de la Escuela de Batalla —dijo Graff—, no podremos hacer nada con el resto de los asuntos.

—¿No podemos ir a algún sitio y probar? —preguntó John Paul—. ¿No es posible mudarnos todos a algún lugar donde podamos ir a la escuela sin que a nadie le importe que seamos católicos y nueve niños?

—No hay ningún lugar así en el mundo —respondió padre con amargura.

John Paul miró con aire inquisidor a Graff, que lo corroboró:

—Tu padre tiene razón en parte. Una familia con nueve niños siempre despertará recelos, no importa donde vayas. Y aquí, como hay muchas familias insumisas, se apoyan unas a otras. Hay solidaridad. En cierto sentido será peor si os marcháis de Polonia.

—En todos los sentidos —añadió padre.

—Pero podríamos instalarlos en una gran ciudad y luego enviar a no más de dos de tus hermanos a cualquier escuela; si son cuidadosos, nadie sabrá que su familia es insumisa.

—Quiere decir si mienten —explicó madre.

—¡Ah, discúlpeme! No sabía que su familia nunca ha dicho una mentira para proteger sus intereses —ironizó Graff.

—Está tratando de seducirnos —dijo madre—. Para dividir a la familia. Para llevar a nuestros hijos a escuelas en donde les enseñarán a rechazar la fe, a despreciar la Iglesia.

—Señora —le corrigió Graff—, estoy intentando conseguir que un chico muy prometedor acceda a venir a la Escuela de Batalla porque el mundo se enfrenta a un terrible enemigo.

—¿Ah, sí? —preguntó madre—. No hago más que oír cosas sobre ese terrible enemigo, esos insectores, esos monstruos del espacio, pero ¿qué son?

—La razón por la que usted no los ve —explicó Graff con paciencia— es que derrotamos a sus dos primeras invasiones. Y si alguna vez los ve, será porque habremos perdido la tercera. Incluso entonces no los vería, porque le habrían hecho cosas tan terribles a la superficie de la Tierra que, cuando el primero de los insectores pusiese un pie aquí, no quedarían humanos vivos. Queremos que su hijo nos ayude a prevenirlo.

—Si Dios envía a esos monstruos a matarnos, tal vez sea como en los días de Noé —le replicó madre—. Quizás el mundo sea tan pérfido que tiene que ser destruido.

—Bueno, si es así —planteó Graff—, entonces perderemos la guerra, no importa lo que hagamos. Pero ¿y si Dios quiere que ganemos para que tengamos más tiempo de arrepentirnos por nuestras maldades? ¿No piensa que deberíamos dejar abierta esa posibilidad?

—No discuta de teología con nosotros como si fuera creyente —respondió padre fríamente.

—Ustedes no saben en qué creo —contestó Graff—. Lo único que saben es que vamos a hacer todo lo posible por llevar a su hijo a la Escuela de Batalla, porque nosotros creemos que él es extraordinario, y pensamos que en esta casa está y continuará estando frustrado; desperdiciado.

Madre se tambaleó y padre se levantó de un salto y gritó:

—¡Cómo se atreve!

Graff también se puso de pie. La cólera le hacía parecer peligroso y terrible.

—¡Pensaba que no les gusta mentir!

Se hizo el silencio, y padre y Graff se miraron el uno al otro a través de la habitación.

—He dicho que está desperdiciando su vida y esa es la pura verdad —dijo Graff tranquilamente—. Ni siquiera se habían dado cuenta de que sabe leer. ¿Entienden lo que estaba haciendo el chaval? Estaba leyendo, con una excelente comprensión, libros con los que tendrían problemas sus estudiantes universitarios, profesor Wieczorek. Y usted no lo sabía. Lo hacía delante de usted, le dijo que lo estaba haciendo y usted no quiso saberlo porque no encajaba en su imagen de la realidad. ¿Y esta es la casa donde una mente como la que tiene este muchacho va a ser educada? ¿No cuenta eso como un pequeño pecado venial en su lista de pecados? ¿Desperdiciar ese don de Dios? ¿No dijo Jesús algo sobre echarles margaritas a los cerdos?

Ahí padre no pudo aguantar más. Se abalanzó sobre Graff para pegarle. Pero Graff era soldado y lo bloqueó con facilidad. No devolvió el golpe; se limitó a usar la fuerza necesaria para detener a padre hasta que este se tranquilizó. Aun así, padre terminó en el suelo, dolorido, con madre arrodillada a su lado, llorando.

En cualquier caso, John Paul sabía qué estaba haciendo Graff. Aquel Graff había elegido a conciencia las palabras que podían enfurecer a padre y hacerle perder el control de sí mismo. Pero ¿por qué? ¿Qué intentaba conseguir? Luego se dio cuenta: quería mostrarle a John Paul aquella escena: padre humillado, abatido y madre reducida a llorar a su lado.

Graff habló mirando intensamente a los ojos de John Paul:

—La guerra es una lucha desesperada, John Paul. Por poco pueden con nosotros; por poco ganan. Conseguimos vencer solo porque teníamos un genio, un comandante llamado Mazer Rackham, que fue capaz de ser más astuto que ellos, de encontrar sus puntos débiles. ¿Quién será el comandante la próxima vez? ¿Estará allí o estará en algún lugar de Polonia, con dos trabajos miserables que no tendrán nada que ver con su habilidad intelectual, todo porque cuando tenía seis años pensó que no quería ir al espacio?

¡Ah! Era eso. El capitán quería que John Paul viera cómo era la derrota. «Pero ya sé qué aspecto tiene la derrota. Y no voy a dejar que me ganes.»

—¿Sigue habiendo católicos fuera de Polonia? —inquirió John Paul—. Los insumisos, ¿verdad?

—Sí —contestó Graff.

—Pero no toda nación es gobernada por la Hegemonía como Polonia.

—Las naciones insumisas continúan siendo gobernadas por su sistema tradicional.

—Entonces ¿hay alguna nación donde pudiéramos vivir con otros católicos insumisos sin tener una sanción tan grande que no nos permita conseguir comida suficiente o que padre no pueda trabajar?

—Todas las naciones insumisas deben aplicar sanciones a los que quieran superpoblarlas —contestó Graff—. Eso es lo que significa ser insumiso.

—¿Una nación donde podamos ser una excepción y nadie tenga que saberlo? —preguntó John Paul.

—Canadá, Nueva Zelanda, Suecia, Estados Unidos —contestó Graff—. Insumisos que no hacen discursos sobre cómo prosperar decentemente allí. No seríais la única familia cuyos niños fueran a diferentes escuelas mientras las autoridades miran para otro lado porque no les gusta castigar a los niños por los pecados de sus padres.

—¿Cuál es el mejor país? —preguntó John Paul—. ¿Cuál tiene más católicos?

—En Estados Unidos es donde hay más polacos y católicos. Y, además, los estadounidenses creen que las leyes internacionales son para otros, así que no hacen mucho caso de las leyes de la Hegemonía.

—¿Podemos ir allí? —preguntó John Paul.

—No —respondió padre. Estaba sentado, con la cabeza gacha, humillada y dolorida.

—John Paul —dijo Graff—, no queremos que vayas a Estados Unidos. Queremos que vayas a la Escuela de Batalla.

—No iré a menos que mi familia esté en un lugar donde no pasemos hambre y donde mis hermanos y hermanas puedan ir a la escuela. Me quedaré aquí.

—No irá de todas formas —objetó padre—, no importa lo que usted diga o prometa ni lo que John Paul decida.

—¡Ah, sí! Usted ha intentado pegarle a un oficial de la Flota Internacional. La pena para ese delito es de no menos de tres años de cárcel... Pero ya sabe que los tribunales ponen penas mucho mayores a los insumisos. Yo diría que serán siete u ocho años. Por supuesto, está todo grabado, todo —recordó Graff.

—Ha venido a nuestra casa a espiarnos —exclamó madre—. Usted lo ha provocado.

—Les he hablado sinceramente y ustedes no han querido saber la verdad —le replicó Graff—. No le he levantado la mano al profesor Wieczorek ni a nadie de su familia.

—Por favor, no me mande a la cárcel —suplicó padre.

—Claro que no lo haré —dijo Graff—. No lo quiero en la cárcel. Pero tampoco lo quiero anunciando tonterías sobre lo que pasará o no, sin importar lo que yo diga o lo que prometa, ni lo que John Paul pueda decidir finalmente.

Ahora entendía John Paul por qué Graff había provocado a padre. Buscaba que no tuviera otra opción más que acceder a lo que John Paul y Graff decidieran entre ellos.

—¿Qué va a hacer para que yo acepte lo que usted quiere como ha hecho con padre? —preguntó John Paul.

—No gano nada si vienes conmigo de mala gana —dijo Graff.

—No iré con usted de buena gana, a menos que mi

familia esté en un lugar donde ellos puedan ser felices.

—No hay ningún lugar así en un mundo gobernado por la Hegemonía —sentenció padre.

Entonces fue madre quien detuvo a padre para que no hablara de más. Le acarició la cara y dijo:

—Podemos ser buenos católicos en otro sitio. Que dejemos este lugar, no le quitará el pan de la boca a nuestros vecinos. No le haremos daño a nadie. Fíjate en lo que John Paul está tratando de hacer por nosotros. —Miró a John Paul—. Siento no haber sabido la verdad sobre ti. Siento haber sido tan mala maestra para ti. —Luego rompió a llorar.

Padre la abrazó, la atrajo hacia él y la meció. Estaban los dos sentados en el suelo, consolándose mutuamente.

Graff miró a John Paul, con las cejas levantadas, como diciendo: «Ya no hay obstáculos, así que... tú decides.» Pero las cosas no eran tal como John Paul quería.

—Me engañará —dijo John Paul—. Nos llevará a Estados Unidos, pero luego, si sigo decidido a no ir, amenazará con enviarnos a todos de regreso aquí, peor que antes, y así me obligará a ir. —Graff no respondió—. Así que no iré —concluyó John Paul.

—Me engañarás —contestó Graff—. Conseguirás que lleve a tu familia a Estados Unidos para que se establezcan allí y tengan una vida mejor, y luego te negarás a ir, y esperarás que la Flota Internacional le permita a tu familia continuar disfrutando de las ventajas de nuestro trato sin cumplir lo pactado.

John Paul no respondió porque no había respuesta. Era exactamente lo que planeaba hacer. Graff lo sabía y John Paul no iba a negarlo; porque saber que John Paul planeaba engañarlo no cambiaba nada.

—No creo que haga eso —dijo la mujer.

John Paul sabía que ella mentía. Estaba bastante preocupada por que esa fuera su intención, pero estaba todavía más preocupada por que Graff no aceptara el trato que John Paul le pedía. Esa era la confirmación que John Paul necesitaba. Para aquella gente era muy importante llevarlo a la Escuela de Batalla; por tanto aceptarían un mal trato siempre y cuando albergaran la esperanza de que fuera.

También pudiera ser que no importara lo que acordaran ahora, ya que ellos podían retractarse de su palabra cuando quisieran. Después de todo, eran la Flota Internacional y los Wieczorek solo eran una familia insumisa en un país insumiso.

—Lo que no sabes de mí —dijo Graff— es que pienso con anticipación.

Aquello le recordó a John Paul lo que le había dicho Andrew cuando le enseñaba a jugar al ajedrez: «Tienes que pensar por anticipado el próximo movimiento y el siguiente, para ver hacia dónde vas en conjunto.» John Paul había entendido el principio en cuanto Andrew se lo explicó, pero había abandonado el ajedrez porque no le importaba qué les pasaba a unas pequeñas figuras de plástico en un tablero de sesenta y cuatro casillas.

Graff estaba jugando al ajedrez, pero no con pequeñas figuras de plástico. Su tablero era el mundo y, a pesar de que solo era capitán, estaba claro que había ido allí con más autoridad y más inteligencia que el coronel que había ido primero. Cuando Graff dijo «pienso por anticipado», estaba diciendo —ese tenía que ser su sentido— que estaba dispuesto a sacrificar una pieza ahora con el fin de ganar el juego, como se hace en el ajedrez. Tal vez eso significaba que no le importaba mentirle a John Paul ahora ni engañarlo después. Pero no, no había razón para rechistar. La única razón para decir lo que había dicho era que no tenía la intención de engañarlo. Graff estaba dispuesto a ser engañado, a aceptar un trato en el que la otra persona pudiera ganar, y ganar rotundamente, siempre y cuando viera que más adelante podría convertir esa derrota en una victoria.

—Tiene que hacernos una promesa que nunca romperá —propuso John Paul—. Incluso si al final no voy al espacio.

—Tengo la suficiente potestad como para hacer esa promesa —dijo Graff.

Aunque no dijo nada, estaba claro que la mujer no lo creía.

—¿Estados Unidos es un buen lugar? —preguntó John Paul.

—Hay muchos polacos que viven allí y que lo creen —le explicó Graff—, pero no es Polonia.

—Me gustaría ver el mundo entero antes de morir —dijo John Paul. Nunca se lo había dicho a nadie.

—Antes de morir... —murmuró madre—. ¿Por qué piensas en morir?

Como de costumbre, ella no entendía nada. No estaba pensando en morir; estaba pensando en aprenderlo todo y estaba claro que no tendría tiempo para todo. ¿Por qué la gente se ponía tan trágica cuando alguien habla de la muerte? Quizá pensaban que si no la mencionaban, se saltaría a algunas personas y los dejaría vivir para siempre. ¿Y cuánta fe en Cristo tenía realmente madre si temía a la muerte tanto que no podía soportar siquiera su mención o que su hijo de seis años lo hiciera?

—Ir a Estados Unidos podría ser un principio —dijo Graff— y los pasaportes estadounidenses no están restringidos como los pasaportes polacos.

—Hablaremos de ello —lo emplazó John Paul—. Vuelva más tarde.

—¿Está usted loco? —preguntó Helena en cuanto estuvieron lo bastante alejados como para que no los oyeran—. ¿No es obvio lo que está planeando el muchacho?

—No estoy loco; sí es obvio.

—El vídeo de esta reunión va a ser más vergonzoso para usted de lo que el anterior lo fue para Sillain.

—Creo que no —dijo Graff.

—¿Por qué? ¿Porque al fin y al cabo usted tenía la intención de engañar al chico?

—Si hubiera hecho eso, entonces sí que estaría loco.

Se detuvo en la acera con la intención de terminar aquella conversación antes de volver a la furgoneta con los otros. ¿Se había olvidado de que lo que estaba diciendo también se grababa? No, lo sabía. No estaba hablando solo con ella.

—Capitana Rudolf —dijo—, usted ha visto, y todos verán, que no había forma de que pudiéramos llevarnos al muchacho por las buenas al espacio. No quiere ir. No le interesa la guerra. Eso es lo que hemos conseguido gracias a esa estúpida política represiva con las naciones insumisas. Tenemos lo mejor que hemos visto y no podemos usarlo porque hemos pasado años creando una cultura que odia a la Hegemonía y, por tanto, a la Flota. Nos hemos puesto en contra a millones y millones de personas por unas absurdas leyes de control de población, desafiando sus más profundas creencias y su identidad como comunidad, y como el universo tiende a ser irónico, por supuesto, nuestra mejor oportunidad de tener otro comandante como Mazer Rackham se ha presentado entre aquellos a quienes nos hemos puesto en contra. No he sido yo el que lo ha hecho y solo un imbécil me culparía por ello.

—Entonces ¿qué significa todo ese acuerdo que les ha prometido? ¿Cuál es el truco?

—Sacar a John Paul Wieczorek de Polonia, claro.

—Pero ¿de qué nos sirve si no quiere ir a la Escuela de Batalla?

—Él todavía... Él todavía tiene una mente que procesa el comportamiento humano tal como algunos autistas sabios procesan números o palabras. ¿No cree que sea bueno llevarlo a donde pueda tener una educación de verdad y sacarlo de un lugar en el que lo adoctrinarán sin cesar contra la Hegemonía y la Flota Internacional?

—Creo que eso está fuera del alcance de su autoridad —respondió Helena—. Trabajamos para la Escuela de Batalla, no para el Comité para Moldear un Futuro Mejor Cambiando Niños de Sitio.

—Estoy pensando en la Escuela de Batalla —aclaró Graff.

—A la cual John Paul Wieczorek no irá nunca, como usted ha admitido.

—Se está olvidando de la investigación que llevamos a cabo. Puede no ser definitiva con rigor científico, pero ya permite sacar conclusiones. La gente alcanza la cima de su habilidad como comandante militar más temprano de lo que pensamos. La mayoría de los chavales, al final de la adolescencia. La misma edad en la que los poetas hacen sus mejores y más apasionados y revolucionarios trabajos. Y los matemáticos llegan a la cumbre y luego descienden; ruedan sobre lo que aprendieron cuando todavía eran lo bastante jóvenes como para aprender. Sabemos que, dentro de unos cinco años, cuando necesitemos un comandante, John Paul Wieczorek ya será demasiado mayor; habrá pasado su cumbre.

—Obviamente le han dado información que yo no poseo —contestó Helena.

—O la he averiguado —dijo Graff—. Cuando ha quedado claro que John Paul no iba a ir a la Escuela de Batalla, mi misión ha cambiado. Ahora lo único que importa es que lo saquemos de Polonia, lo dejemos en un país sumiso y mantengamos nuestra palabra con él, absolutamente, al pie de la letra, así tendrá la seguridad de que nuestras promesas se mantendrán incluso sabiendo que nos ha engañado.

—¿Para qué hacer eso? —preguntó Helena.

—Capitana Rudolf, habla usted sin pensar.

Estaba en lo cierto, de modo que pensó.

—Si podemos esperar a necesitar a nuestro comandante —dijo ella—, ¿disponemos de tiempo para que él se case y tenga hijos, y para que sus hijos crezcan lo suficiente y lleguen a la edad justa?

—Es casi así, sí. Tenemos el tiempo muy justo si se casa joven y si se casa con alguien que sea muy, muy brillante para que la mezcla genética sea buena.

—Pero no irá a intentar controlar eso, ¿verdad?

—Hay muchos grados de actuación entre controlar algo y no hacer absolutamente nada.

—Piensa en el largo plazo, ¿verdad?

—Véame como Rumpelstiltskin.

Ella se rio.

—Claro, ahora lo entiendo. Le concederá lo que su corazón anhela hoy y luego, cuando lo haya olvidado, aparecerá usted y le pedirá a su primogénito.

Graff le palmeó el hombro y caminó con ella hacia la furgoneta que esperaba.

—Lo único que no hay es un resquicio, por absurdo que sea, por el que pueda escapar si consigue adivinar mi nombre.

La peste del maestro

Aquel no era el grupo de la asignatura Comunidad Humana en el que John Paul Wiggin quería matricularse; ni siquiera era su tercera opción. El ordenador de la universidad se lo había asignado mediante algún algoritmo que tenía en cuenta la antigüedad, cuántas veces le habían concedido una clase que hubiera elegido como primera opción y muchos otros factores que no significaban nada para él, excepto que, en vez de poder estudiar con profesores de primera categoría, por lo que había elegido aquella universidad, iba a tener que sufrir las torpezas de un estudiante de doctorado que sabía poco sobre la materia y menos sobre cómo enseñarla.

Tal vez el criterio principal del algoritmo era cuánto necesitaba el curso para poder graduarse. Lo habían metido allí porque sabían que no podía abandonar. Así que se acomodó en su habitual asiento de la primera fila, mirando el trasero de la profesora, que aparentaba quince años y se vestía como si la hubieran dejado jugar con el armario de su madre.

Parecía tener un cuerpo bonito y probablemente intentaba esconderlo yendo desaliñada; pero que supiera que tenía algo que valía la pena esconder sugería que no era científica; probablemente ni siquiera se dedicaba a la investigación. «No tengo tiempo de ayudarte a trabajar cómo te ves a ti misma —le dijo sin hablar a la chica de la pizarra—. Tampoco de ayudarte a comprobar si funciona cualquier método extraño de enseñanza que vayas a probar con nosotros. ¿Qué será? ¿Cuestionamiento socrático? ¿Abogado del diablo? ¿Terapia de grupo? ¿Dureza beligerante? Quiero un profesor aburrido, un vejestorio agotado al borde de la jubilación en vez de una estudiante de posgrado.»

Bueno. Era solo aquel semestre. El siguiente lo dedicaría a la tesis y luego ya vendría una fascinante carrera en el Gobierno, preferiblemente en un puesto desde donde pudiera trabajar para hacer caer a la Hegemonía y restaurar la soberanía de todas las naciones. Polonia, en particular, pero nunca se lo había dicho a nadie; ni siquiera había reconocido que había pasado los primeros seis años de su vida en Polonia. Todos sus documentos decían que él y su familia entera eran americanos de nacimiento. El irremediable acento polaco de sus padres probaba que no era así, pero teniendo en cuenta que era la Hegemonía la que los había trasladado a América y les había dado los papeles falsos, no era probable que alguien fuera a insistir sobre ese asunto.

«Así que escriba sus diagramas en la pizarra, señorita Quiero-Crecer-Para-Ser-Profesora. Haré unos exámenes perfectos y sacaré sobresaliente, y usted nunca tendrá ni idea de que el alumno más arrogante, ambicioso e inteligente en este campus estuvo en su clase.» Al menos eso es lo que dijeron cuando lo reclutaron. Todo excepto lo de arrogante; la verdad es que no pronunciaron esa palabra, pero lo leyó en sus ojos.

—He escrito todo esto en la pizarra porque quiero que lo memoricen y que, con algo de suerte, lo entiendan. Es la base de todo lo que trataremos en esta asignatura —dijo la estudiante de posgrado.

Por descontado, John Paul lo había memorizado con solo echarle una ojeada. Se trataba de asuntos que no había visto en lo que había leído hasta entonces, así que estaba claro que el método que ella usaba era intentar ser vanguardista y usar las últimas, y probablemente erróneas, investigaciones.

Lo miró directamente.

—Parece muy aburrido, señor... Wiggin, ¿verdad? ¿Quizá ya conoce el modelo evolutivo de selección de la comunidad?

¡Ah, genial! Era uno de esos *profesores* que necesitan un chivo expiatorio en la clase, alguien con quien meterse con el fin de apuntarse tantos.

—No, señora —le respondió John Paul—. He venido esperando que usted me enseñe todo sobre ese tema. —No puso ni pizca de sarcasmo en su tono de voz, pero eso lo hacía todavía más incisivo y condescendiente.

Esperaba que a ella se le notara el enfado, pero se limitó a mirar a otro alumno y se puso a hablar. Así que o John Paul la había asustado o ella no había entendido su sarcasmo y, por tanto, no se había dado cuenta de que estaba retándola. La clase no iba a ser interesante ni como deporte sangriento. ¡Vaya rollo!

—La evolución humana está dirigida por las necesidades de la comunidad —leyó de la pizarra—. ¿Cómo es eso posible, teniendo en cuenta que la información genética solo se transmite entre individuos?

La respuesta fue el habitual silencio de los estudiantes. ¿Miedo de parecer estúpido? ¿Miedo a mostrar interés? ¿Miedo a parecer pelota? Por supuesto, algunos eran estúpidos o apáticos de verdad, pero la mayoría de ellos llevaban una vida regida por el miedo.

Por fin se alzó una mano vacilante.

—¿Las comunidades, eh... influyen en la selección sexual? ¿Como en el caso de los ojos rasgados?

—Lo hacen —confirmó la señorita Estudiante de Posgrado— y el predominio del pliegue epicántico en Asia oriental es un buen ejemplo, pero es anecdótico; no aumenta la supervivencia. Yo estoy hablando de la eterna y determinante supervivencia del más apto. ¿Cómo puede controlarla la comunidad?

—¿Matando a la gente que no se adapta? —sugirió otro estudiante.

John Paul se deslizó en el asiento y miró al techo. Haber llegado tan lejos en los estudios y todavía no entender los principios básicos...

—El señor Wiggin parece aburrido con nuestro debate —dijo la señorita Estudiante de Posgrado.

John Paul abrió los ojos y echó un vistazo a la pizarra otra vez. ¡Ah! Había escrito su nombre: Theresa Brown.

—Sí, señorita Brown, lo estoy —confirmó.

—¿Porque conoce la respuesta o porque no le importa en absoluto?

—No conozco la respuesta —contestó John Paul—, pero tampoco la sabe nadie más en esta aula, excepto usted, así que, hasta que decida decírnosla, en vez de proporcionarnos este encantador viaje de descubrimiento en el que los pasajeros pilotan el barco, es hora de la siesta.

Hubo algún carraspeo y un par de risas ahogadas.

—¿Así que no tiene idea de si la afirmación que he escrito en el pizarra es verdadera o falsa?

—Supongo que usted sugiere que vivir en comunidad hace que los humanos tengan mayor probabilidad de sobrevivir; y, en consecuencia, más oportunidades para aparearse; y como resultado, pueden criar más niños que lleguen a la edad adulta, por lo que cualquier rasgo humano individual ventajoso para la comunidad, a largo plazo, tendrá mayor probabilidad de transmitirse a la generación siguiente —respondió John Paul.

Ella pestañeó y dijo:

—Sí. Es correcto. —Luego pestañeó otra vez. Parecía que al dar toda la respuesta de una vez, John Paul había interrumpido el plan que tenía para impartir aquella clase.

—Pero lo que me pregunto es esto —dijo John Paul—: teniendo en cuenta que una comunidad humana depende de su adaptabilidad para prosperar, lo que la fortalece no es un conjunto de rasgos único. Así que la vida en comunidad debería promover la variedad y no unas características limitadas.

—Eso es verdad de entrada —concedió la señorita Brown—; sería cierto si no fuera porque solo hay unos pocos tipos de comunidad humana que sobrevivan el tiempo suficiente como para aumentar la probabilidad de la supervivencia individual.

Caminó hasta la pizarra y borró parte de las frases que John Paul había hecho innecesarias al ir directo al grano. En su lugar, escribió dos títulos: «Tribal» y «Civil».

—Hay dos modelos que toda comunidad humana exitosa sigue —dijo ella. Miró a John Paul y le preguntó—: ¿Cómo definiría una comunidad exitosa, señor Wiggin?

—La que maximiza la capacidad de sus miembros de sobrevivir y reproducirse —contestó.

—¡Ay, si eso fuera cierto! —exclamó ella—, pero no lo es. La mayoría de las comunidades humanas exigen a un gran número de sus miembros una conducta contraria a la supervivencia. El ejemplo obvio sería la guerra; en ella los miembros de una comunidad se arriesgan a morir, por lo general a la edad en la que están a punto de fundar una familia. Muchos de ellos mueren. ¿Cómo se puede transmitir la voluntad de morir antes de reproducirse? Los individuos que tienen este rasgo son los menos propensos a reproducirse.

—Pero eso solo sucede con los hombres —manifestó John Paul.

—Hay mujeres en el ejército, señor Wiggin.

—Pocas —replicó John Paul—, porque los rasgos que caracterizan a los buenos soldados son menos comunes en las mujeres y la voluntad de ir a la guerra es rara en ellas.

—Las mujeres pelean con saña y están dispuestas a morir para proteger a sus hijos —apostilló la señorita Brown.

—Exactamente: a sus hijos; no a la comunidad en su conjunto —le replicó John Paul.

Estaba improvisando aquellas ideas mientras hablaba, pero tenía sentido lo que decía y era interesante, así que iba a dejarla jugar al cuestionamiento socrático.

—Y, sin embargo, las mujeres son las que establecen los lazos más estrechos dentro de la comunidad —añadió ella.

—Y las jerarquías más rígidas, pero lo hacen mediante la recriminación social, no mediante la violencia —objetó John Paul.

—Lo que usted dice es que la vida comunitaria promueve la violencia en los hombres y el civismo en las mujeres.

—No la violencia, sino la voluntad de sacrificarse por una causa —puntualizó John Paul.

—En otras palabras —dijo la señorita Brown—: el hombre cree las historias que la comunidad le cuenta, y eso es suficiente como para morir y matar. ¿Y la mujer?

—Ellas las creen como para... —John Paul hizo una pausa, pensando de nuevo en lo que sabía sobre las diferencias sexuales aprendidas y no aprendidas—. Las mujeres tienen que estar dispuestas a criar a sus hijos en una comunidad que quizá les exija que mueran. Así que tanto los hombres como las mujeres tienen que creerse el cuento.

—Y el cuento que se creen es que los hombres son prescindibles y las mujeres no —dijo la señorita Brown.

—Hasta cierto punto.

—¿Y por qué sería útil para la comunidad creerlo? —preguntó, dirigiéndose a la clase en general.

Las respuestas aparecieron bastante rápido ya que al menos algunos estudiantes estaban siguiendo la conversación.

—Porque aunque mueran la mitad de los hombres, todas las mujeres podrían reproducirse.

—Porque proporciona una salida para la agresividad masculina.

—Porque deben ser capaces de defender los recursos de la comunidad.

John Paul observó cómo iba comentando cada una de las respuestas Theresa Brown.

—Las comunidades que han sufrido pérdidas terribles en la guerra ¿abandonan la monogamia o dejan que haya muchas mujeres que no se reproduzcan? —Y dio el ejemplo de Francia, Alemania e Inglaterra después de la masacre de la Primera Guerra Mundial.

»¿La guerra surge de la agresividad masculina? ¿O es la agresividad masculina un rasgo que las comunidades tienen que promover para poder ganar las guerras? ¿Es la comunidad la que prima el rasgo o el rasgo el que dirige la comunidad?

John Paul se dio cuenta de que aquel era el punto crucial de la teoría que ella estaba exponiendo; y le gustaba la pregunta.

—¿Y cuáles son los recursos que una comunidad tiene que proteger? —planteó para acabar.

Comida, dijeron. Agua, refugio. Pero aquellas respuestas obvias no parecían ser lo que ella estaba buscando.

—Todo ello es importante, pero olvidan lo fundamental.

Para su sorpresa, John Paul se encontró pensando la respuesta correcta. Nunca hubiera imaginado que le podía ocurrir algo así en una clase impartida por una estudiante de posgrado. ¿Qué recurso de una comunidad podía ser más importante para su supervivencia que la comida, el agua o el refugio?

Levantó la mano.

—El señor Wiggin cree que lo sabe —anunció, mirándolo.

—Vientres —dijo.

—Como recurso de toda una comunidad —puntualizó ella.

—Como comunidad —le corrigió John Paul—. Las mujeres son la comunidad.

Ella sonrió.

—Ese es el gran secreto.

Algunos estudiantes lanzaron sus objeciones en voz alta: que si los hombres habían sido siempre los que gobernaban las comunidades, que si las mujeres eran tratadas como propiedad...

—Algunos hombres —respondió ella—... la mayoría de los hombres son tratados como propiedad, más que las mujeres. Porque las mujeres nunca se desperdician, mientras que los hombres se desperdician a cientos en tiempos de guerra.

—Pero los hombres gobiernan —protestó un estudiante.

—Sí, lo hacen —aceptó la señorita Brown—. Un puñado de machos alfa gobierna, mientras que otros hombres se convierten en herramientas. Pero incluso los gobernantes saben que el mayor recurso de una comunidad son las mujeres, y para sobrevivir una comunidad tiene que poner todos sus esfuerzos en una tarea fundamental: promover la capacidad reproductiva de las mujeres y conseguir que sus hijos lleguen a la edad adulta.

—Entonces ¿qué pasa con las sociedades que practican el aborto selectivo o matan a las niñas? —insistió un estudiante.

—Serían sociedades que han decidido morir, ¿no? —dijo la señorita Brown.

Consternación. Escándalo.

Era un modelo interesante. En las comunidades que eliminaran a las niñas habría menos mujeres que alcanzaran la edad reproductiva; por tanto no podrían mantener una gran población.

Levantó la mano de nuevo.

—Ilumínenos, señor Wiggin —lo invitó ella.

—Solo tengo una pregunta —dijo él—. ¿No podría haber alguna ventaja en tener un exceso de hombres?

—No veo ninguna que sea importante —dijo la señorita Brown—, ya que la gran mayoría de las comunidades humanas, especialmente aquellas que han sobrevivido durante más tiempo, han mostrado la firme voluntad de deshacerse de hombres, no de mujeres. Además, matar a las niñas hace que sea mayor la proporción de hombres, pero en números absolutos hay menos, ya que hay menos mujeres para darlos a luz.

—¿Y qué pasa cuando los recursos son escasos? —preguntó un estudiante.

—¿Qué pasa con eso? —dijo la señorita Brown.

—Quiero decir... si no hay que reducir la población a valores sostenibles.

De repente la sala se quedó en silencio. La señorita Brown se rio.

—¿Alguien quiere intentar responder a eso?

No habló nadie.

—¿Y por qué, de repente, nos quedamos callados? —preguntó ella.

Esperó. Por fin alguien murmuró:

—Las leyes de población.

—¡Ah, política! —exclamó ella—. Tenemos una decisión mundial que apunta a reducir la población humana mediante la limitación de dos hijos por pareja. Y no quieren hablar de ello.

El silencio significaba que no querían ni siquiera hablar sobre el hecho de que no querían hablar.

—La raza humana está luchando por su supervivencia contra la invasión alienígena y en el proceso decidimos tratar de limitar nuestra reproducción —explicó ella.

—Alguien cuyo nombre es Brown debe saber lo peligroso que puede resultar afirmar públicamente su oposición a las leyes de población.

Ella lo miró fríamente.

—Esta es una clase científica, no un debate político —le dijo—. Hay rasgos de la comunidad que promueven la supervivencia del individuo y rasgos individuales que promueven la subsistencia de la comunidad. En esta clase, no tenemos ningún temor a ir donde nos lleven las pruebas.

—¿Y si eso elimina cualquier oportunidad de conseguir un trabajo? —preguntó un estudiante.

—Estoy aquí para enseñar a los estudiantes que quieran saber lo que yo sé —aclaró ella—. Si es usted uno de ellos, entonces los dos somos afortunados; si usted no lo es, entonces me tiene sin cuidado. Pero no voy a dejar de enseñarles algo porque pudiera restarles oportunidades de encontrar un empleo.

—Entonces ¿es cierto que él es su padre? —preguntó una chica en la primera fila.

—¿Quién? —inquirió Brown.

—Ya sabe a quién me refiero —respondió la chica—: Hinckley Brown.

Hinckley Brown. El estratega militar cuyo libro era todavía la biblia de la Flota Internacional, a la que renunció y de la que se apartó por negarse a cooperar con las leyes de población.

—Y eso sería relevante para usted porque... —apuntó la señorita Brown.

La respuesta fue agresiva:

—Porque tenemos derecho a saber si está enseñándonos ciencia o religión.

«Eso es cierto», pensó John Paul. Hinckley Brown era mormón y los mormones eran insumisos.

Insumiso como los propios padres de John Paul, que eran polacos católicos. Insumiso como John Paul pretendía ser, en cuanto encontrara a alguien con quien quisiera contraer matrimonio. Alguien que también quisiera castigar a la Hegemonía y a su ley de tener dos hijos por familia.

—¿Qué pasa si los descubrimientos de la ciencia coinciden, en un punto en concreto, con las creencias de una religión? ¿Rechazamos la ciencia para rechazar la religión?

—¿Y si la religión influye en la ciencia? —atacó la estudiante.

—Por suerte su pregunta no es solo estúpida y ofensiva, sino que también es intrascendente —le respondió la señorita Brown—, porque sea cual sea la relación familiar que yo pueda tener con el famoso almirante Brown, la única cosa que importa es mi ciencia y, si usted desconfía de ella, mi religión.

—Entonces ¿cuál es su religión? —preguntó la estudiante.

—Mi religión es intentar refutar todas las hipótesis —le respondió la señorita Brown—. Y entre ellas su hipótesis de que los profesores deben ser juzgados en función de quiénes son sus padres o su pertenencia a un grupo. Si me encuentra enseñando algo que no puede argumentarse a partir de las pruebas, entonces puede presentar una queja. Y como parece ser particularmente importante para usted evitar una idea contaminada por las creencias de Hinckley Brown, la expulsaré de la clase... Ahora.

Mientras terminaba la frase garabateaba instrucciones en su mesa, que estaba sobre la tarima. Levantó la vista.

—Listo. Puede irse y gestionar en las oficinas del departamento que la admitan en otro grupo diferente de esta asignatura.

—No quiero dejar esta clase. —La estudiante estaba atónita.

—No recuerdo haberle preguntado qué es lo que

usted quiere hacer —dijo la señorita Brown—. Es intolerante y alborotadora, y no tengo por qué aguantarla en mi clase. Eso va para el resto de ustedes. Seguiremos las pruebas y discutiremos ideas, pero no vamos a cuestionar la vida personal de la profesora. ¿Alguien más quiere irse?

En aquel momento, John Paul Wiggin se enamoró perdidamente.

Theresa dejó que la excitación que le provocaba la clase de Comunidad Humana la embargara durante varias horas. No había empezado bien: el chico Wiggin parecía ser problemático, aunque resultó que era tan listo como arrogante y acabó estimulando a los muchachos más brillantes de la clase; y al fin y al cabo, eso era lo que más le gustaba a Theresa de dar clases: que unas cuantas personas pensaran sobre las mismas ideas, concibieran el mismo universo y, así, durante un instante, fueran un solo ser.

El chico Wiggin. Le hacía gracia su propia actitud. Probablemente era más joven que él, pero se sentía muy vieja. Hacía ya unos cuantos años que estaba en la universidad y se sentía como si llevara el mundo a cuestas. No solo tenía que preocuparse por su carrera; además tenía la presión constante de la cruzada de su padre. Todo lo que hacía se interpretaba como si su padre hablara a través de ella, como si, de alguna manera, controlara su mente y su corazón. ¿Por qué no iban a pensar eso? Él lo hacía. Pero no quería pensar en él. Era científica, aunque estuviera más bien en el lado teórico, y ya no era una cría. Es más, no era un soldado de su ejército, algo que él nunca había aceptado ni aceptaría, especialmente ahora que su ejército era pequeño y débil.

En aquel momento la llamaron a una reunión con el decano. No era habitual que los estudiantes de posgrado se reunieran con el decano; y que la secretaria asegurara no saber de qué iba la reunión ni quién más iba a acudir le produjo desconfianza.

A finales de verano el tiempo era bastante cálido, a pesar de estar muy al norte, pero como Theresa vivía de puertas adentro, apenas lo notaba. Desde luego, no se había vestido para la temperatura que hacía aquella tarde. Cuando llegó a las oficinas de la escuela de posgrado estaba empapada en sudor, y como la secretaria la hizo entrar directamente no le dio tiempo a refrescarse con el aire acondicionado. Las cosas iban de mal en peor. Estaba el decano y su tribunal de tesis en pleno, y la doctora Howell, que, por lo visto, había abandonado su jubilación para aquella ocasión, fuera lo que fuese aquella ocasión. Apenas dedicaron unos instantes a la cortesía antes de darle las noticias.

—La fundación ha decidido retirarnos la financiación a menos que la quitemos a usted del proyecto.

—¿Con qué argumentos? —preguntó ella.

—Más que nada por su edad —contestó el decano—. Usted es demasiado joven para dirigir un proyecto de investigación de esta magnitud.

—Pero es mi proyecto. Solo existe porque yo lo pensé.

—Ya sé que parece injusto —dijo el decano—, pero no dejaremos que eso interfiera en su avance hacia el doctorado.

—¿No dejarán que interfiera? —Soltó una risa nerviosa—. Tardé un año en conseguir esa subvención, a pesar de que mi proyecto tiene un valor evidente para la actual situación del mundo. No me dirá que esto no retrasará mi tesis unos cuantos años, aunque consiga un proyecto de investigación alternativo.

—Reconocemos el problema que esto puede causarle, pero estamos preparados para otorgarle su título con un proyecto de menor... magnitud.

—Explíquemelo —dijo ella—. Confían tanto en mí que me darán un título sin preocuparse por mi tesis, pero, sin embargo, no confían lo suficiente como para dejarme por lo menos participar en un proyecto que yo diseñé. ¿Quién va a dirigirlo?

Miró al presidente del jurado, que se ruborizó.

—Ni siquiera forma parte de su ámbito de trabajo —objetó ella—. Es mi área y de nadie más.

—Como ha dicho, usted diseñó el proyecto —admitió el presidente—. Seguiremos su plan al pie de la letra. Los datos que se obtengan tendrán el mismo valor, independientemente de quién lo dirija.

Ella se puso de pie.

—Por supuesto, me voy —anunció—. No pueden hacerme esto.

—Theresa... —empezó la doctora Howell.

—¡Ah, vaya! ¿Es usted quien tiene que convencerme?

—Theresa —volvió a decir la vieja mujer—, sabes perfectamente bien de qué va esto.

—No, no lo sé —le replicó Theresa.

—Nadie en esta mesa lo admitirá, pero... tu juventud es la principal razón, pero no la única.

—¿Y cuál es la secundaria?

—Yo creo que si tu padre volviera de su retiro, no habría objeción para que alguien tan joven dirigiera un importante proyecto de investigación —apuntó la doctora Howell.

Theresa miró a los otros y dijo:

—No pueden hablar en serio.

—Nadie lo ha confirmado, pero nos han insinuado que el asunto partió del principal cliente de la fundación —explicó el decano.

—La Hegemonía —aclaró el presidente.

—Así que soy rehén de la política de mi padre.

—O de su religión —añadió el decano—; o lo que sea que lo impulse.

—Y ustedes dejarán que su programa académico sea manipulado para... para...

—La universidad depende de las subvenciones —dijo el decano—. Imagine qué pasaría si empezaran a rechazar nuestras solicitudes una a una. La Hegemonía tiene una enorme influencia; en todas partes.

—En otras palabras: no puedes ir a otro lugar —dijo

la doctora Howell—. Somos una de las universidades más independientes y ni aun así somos libres. Por eso están dispuestos a darte el título de doctora pese a que no puedes seguir la investigación; porque lo mereces y saben que lo que están haciendo es sumamente injusto.

—¿Y no se me vetaría también para la docencia? ¿Quién querría tenerme en el claustro? Una doctora que no puede enseñar su investigación; sería un chiste.

—Nosotros te contrataríamos —dijo el decano.

—¿Por qué? —indicó Theresa—. ¿Acaso por caridad? ¿Qué podría conseguir en una universidad donde no puedo investigar?

La doctora Howell suspiró y dijo:

—Porque, por supuesto, continuarías liderando el proyecto. ¿Quién más podría gestionarlo?

—Pero no figuraría mi nombre —adivinó Theresa.

—Es una investigación importante —dijo la doctora Howell—. La supervivencia de la especie humana está en juego. Hay una guerra, tú lo sabes.

—Transmítale eso a la fundación y logre que ellos le digan a la Hegemonía que...

—Theresa —le cortó la doctora Howell—, tu nombre no estará en el proyecto y no será tu tesis, pero en nuestro campo todo el mundo sabrá exactamente quién lo llevó a cabo. Tendrás un puesto permanente aquí, un doctorado y una tesis cuya autoría será un secreto a voces. Todo lo que te pedimos es que tragues saliva y aceptes los ridículos requisitos que nos imponen. Y no, ahora no vamos a escuchar tu decisión; de hecho, ignoraremos todo lo que digas o hagas en los próximos tres días. Habla con tu padre. Habla con cualquiera de nosotros, todo lo que necesites. Pero no respondas hasta que no hayas podido reponerte del disgusto.

—No me trate como a una niña.

—No, querida —dijo la doctora Howell—. Nuestro plan es tratarte como un ser humano al que valoramos demasiado como para... ¿Cuál era tu palabra favorita?... «desecharlo».

El decano se puso de pie.

—Pues tras esto, vamos a levantar esta sesión horrible, con la esperanza de que te quedes con nosotros incluso bajo esas crueles circunstancias. —Y salió de la habitación.

Los miembros del tribunal le estrecharon la mano. Ella aceptó los apretones de manos aturdida. La doctora Howell la abrazó y le susurró:

—La guerra que está librando tu padre tendrá muchas víctimas antes de que acabe. Puede que te salpique, pero, por el amor de Dios, no mueras por él, profesionalmente hablando.

La reunión y, con toda probabilidad, su carrera, habían terminado.

John Paul la vio cruzando el patio y se acomodó contra la barandilla de la escalera en la entrada del edificio de Ciencias Humanas.

—¿No hace un poco de calor para llevar jersey? —le preguntó.

Ella se detuvo y lo miró el tiempo suficiente como para que él se imaginara que estaba tratando de recordar quién era.

—Wiggin —dijo ella.

—John Paul —añadió él, extendiendo la mano.

Ella le miró la mano y luego el rostro.

—¿No hace un poco de calor para llevar jersey? —dijo ella vagamente.

—¡Qué gracioso! Eso mismo estaba pensando —respondió John Paul. Estaba claro que la chica estaba distraída por algo.

—¿Esa técnica le funciona? ¿Decirle a una chica que no va bien vestida? ¿O se trata de hablar por no callar?

—¡Ay! —exclamó él—, se ha dado cuenta. Pero sí, funciona con la mayoría de las mujeres. Tengo que quitármelas de encima con matamoscas.

Hubo un nuevo silencio, solo que esta vez él no iba a esperar a la respuesta ácida de ella. Para tener alguna oportunidad, tenía que reconducir la conversación rápidamente.

—Lamento haber soltado lo primero que se me ocurrió —se disculpó John Paul—. Lo he dicho porque la verdad es que hace calor para llevar jersey; y porque quería saber si podía distraerla un momento para hablarle.

—No puede —dijo la señorita Brown.

Pasó a su lado y siguió en dirección a la puerta del edificio. Él la siguió.

—En realidad, esta es su hora de atención a los alumnos, ¿no es así?

—Entonces diríjase a mi oficina —le ordenó ella.

—¿Le importa si voy con usted?

Ella se detuvo y le corrigió:

—No estamos en mi horario de atención a los alumnos.

—Debería haberme fijado.

Ella empujó la puerta y entró en el edificio. Él la siguió diciendo:

—Mírelo de esta forma: no habrá cola ante su puerta.

—Nunca hay cola ante mi puerta. Tengo, en un horario pésimo, un grupo con poco prestigio de la asignatura Comunidad Humana —le explicó Theresa.

—Hace tiempo que eso me quedó claro —dijo John Paul.

Estaban al pie de las escaleras que llevaban al segundo piso. Ella se puso frente a él.

—Señor Wiggin, en cuanto a inteligencia, está usted por encima de la media de los alumnos y quizás otro día podría disfrutar de nuestro *badinage*.

Él sonrió. Era raro que una mujer le dijera *badinage* a un hombre. Pocas mujeres conocían aquella palabra.

—Sí, sí —continuó ella, como si tratara de responder a la sonrisa—, pero hoy no es un buen día. No lo veré en mi oficina. Tengo otras cosas en la cabeza.

—Yo no tengo nada en la mía y soy muy bueno escuchando, extraordinariamente discreto —se ofreció John Paul.

Ella comenzó a subir las escaleras, delante de él.

—Eso me parece difícil de creer.

—Pues puede creerlo. Por ejemplo, casi todo lo que pone en mi expediente escolar es mentira y nunca se lo he dicho a nadie.

A ella le costó unos segundos entender el chiste, pero al final le contestó con una risita. Era un progreso.

—Señorita Brown, lo cierto es que quería hablar con usted sobre las ideas que discutimos en clase. No importa lo que piense; por supuesto, no era mi intención venir a hacerme el gracioso o el listo con usted, pero me sorprendió que parece estar enseñando unos conceptos de la asignatura Comunidad Humana que no son los habituales. Quiero decir que no hay nada de lo que usted explica en el libro de texto, que va de primates, vínculos y jerarquías.

—Trataremos todo eso.

—Hace tiempo que no encuentro un profesor que sepa cosas que yo no haya aprendido por mis propios medios.

—No sé cosas —le contradijo ella—. Intento averiguar cosas. Es diferente.

—Señorita Brown, no voy a irme.

Ella se detuvo en la puerta de su oficina.

—¿Y por qué? Tengo que decirle que podría interpretar esto como acoso.

—Señorita Brown, creo que usted es más inteligente que yo.

Ella se rio.

—Por supuesto que soy más inteligente que usted.

La señaló, triunfante.

—¿Ve? Y también usted es arrogante. Tenemos mucho en común. ¿De verdad va a cerrarme la puerta en la cara?

·Ella le cerró la puerta en la cara.

Theresa intentó trabajar sobre su próxima clase. Trató de leer varias revistas científicas, pero no podía concentrarse. En lo único que pensaba era en que le estaban quitando su proyecto; no el trabajo, sino los méritos. Intentó convencerse de que lo que importaba era la ciencia, no el prestigio. No era como aquellos patéticos estudiantes de posgrado para quienes la carrera lo era todo y las investigaciones eran solo meros escalones; lo que a ella le importaba era la investigación en sí misma. Así que por qué no reconocer la realidad política, aceptar la colaboracionista oferta que le hacían y conformarse. No era cuestión de méritos. Allí estaba la Hegemonía pervirtiendo el sistema de la ciencia como medio de extorsión. No es que la ciencia fuera particularmente pura, pero comparada con la política, lo era.

Se encontró mirando los datos de los estudiantes en su mesa; los reconocía en las fotos y echaba un vistazo a las fichas. En el fondo, sabía que estaba buscando a John Paul Wiggin. Le intrigaba lo que le había dicho sobre su expediente académico, y buscarlo era tan sencillo que podía seguir con ello mientras pensaba en lo que le estaban haciendo.

John Paul Wiggin. El segundo hijo de Brian y Anne Wiggin; su hermano mayor se llamaba Andrew. Nacido en Racine, Wisconsin, por lo que debía de ser un experto sobre qué tiempo tiene que hacer para ponerse un jersey. Sobresalientes en la escuela pública de Racine. Acabó un año antes de lo normal, con las mejores notas, muchos clubes, tres años de fútbol. Exactamente lo que la gente de admisión va buscando. Y su ficha allí en la universidad era tan buena como lo anterior; nada por debajo de sobresaliente y nada de asignaturas fáciles. Un año más joven que ella. Y, sin embargo, no tenía ninguna titulación, lo que sugería que, aunque tenía créditos como para graduarse al acabar aquel curso, todavía no había elegido la carrera. Un diletante brillante. Una pérdida de tiempo.

Pero había dicho que todo era una mentira. ¿Qué parte? Seguro que las notas, no; estaba claro que era lo bastante listo para sacarlas. ¿Qué más podía ser una mentira? ¿Con qué fin? No era más que un chaval intentando hacerse el interesante. Se dio cuenta de que ella era joven para ser profesora, y para él, que tenía una vida centrada en los estudios, el profesor estaba en la cima del prestigio. Tal vez quería congraciarse con todos los profesores. Si resultaba problemático iba a tener que preguntar a otros y ver si se comportaba así habitualmente.

La mesa emitió un bip que le indicaba que tenía una llamada. Apretó la tecla SIN IMAGEN y luego CONTESTAR. Sabía quién era, por supuesto, aunque no apareciera número telefónico ni identificación ningunos.

—Hola, padre —saludó.

—Pon la imagen, cariño, quiero verte la cara.

—Tendrás que buscarla en tu memoria —le replicó—. Padre, no quiero hablar ahora.

—Esos bastardos no pueden hacerte esto.

—Sí pueden.

—Lo siento, cariño, nunca quise que mis decisiones te afectaran.

—Me afectará que no estés para detener a los insectores si hacen volar el planeta Tierra —dijo ella.

—Y si nosotros derrotamos a los insectores, pero perdemos todo aquello que hace valioso al ser humano...

—Padre, no me sueltes un discurso político, ya me lo sé.

—Cariño, solo digo que no habría hecho esto si hubiera sabido que iban a intentar arruinarte la carrera.

—¡Ah, claro!, pondrías a toda la raza humana en peligro, pero no la carrera de tu hija.

—No estoy poniendo nada en peligro. Ellos ya tienen todo lo que sé. Soy un teórico, no un comandante, y lo que necesitan ahora es un comandante, alguien con habilidades completamente distintas de las mías. Así que esto es solo... un ataque de ira porque mi salida de la Flota Internacional les dio mala prensa y...

—Padre, ¿no te das cuenta de que no te he llamado?

—Acabas de enterarte.

—Sí, ¿y quién te lo ha dicho? ¿Alguien de la universidad?

—No, fue Grasdolf, mi amigo en la fundación y...

—Exactamente.

Su padre suspiró.

—Eres tan cínica.

—¿Qué ventaja hay en apresar un rehén si luego no mandas una nota de rescate?

—Grasdolf es un amigo; están utilizándolo. Hablo muy en serio cuando te digo que...

—Padre, quizá pienses, por un momento, que renunciarías a tu quijotesca cruzada con el fin de hacer mi vida más fácil, pero el hecho es que no lo harías: tú lo sabes y yo lo sé. Ni siquiera quiero que te rindas. No me importa, ¿vale? Así que tu conciencia está limpia; su intento de extorsión estaba destinado a fracasar, la escuela está cuidándome a su modo, y, ¡oye!, tengo un estudiante inteligente, muy mono y engreído que incordia en una de mis clases y está intentando ligar conmigo, así que la vida es casi perfecta.

—¿No eres la mártir inocente?

—¿Ves cómo esto se ha convertido en una discusión?

—Porque no quieres hablar conmigo, solo dices lo que piensas que me alejará.

—Pues parece que no lo he encontrado todavía, pero ¿me acerco?

—¿Por qué lo haces? ¿Por qué les cierras la puerta a todos los que se preocupan por ti?

—Me parece que solo le he cerrado la puerta a gente que quiere algo de mí.

—¿Y qué crees que quiero?

—Ser conocido como el estratega militar más brillante de todos los tiempos y, además, tener a tu familia dedicándose a ti, como podría haber ocurrido si te hubiéramos conocido. Y ¿ves? No quiero hablar de esto; ya hemos pasado por todo esto y cuando cuelgue, que es lo que estoy a punto de hacer, por favor no sigas llamándome y dejando patéticos mensajes en mi oficina. Y sí, te quiero y eso lo llevo bien, así que se acabó. Punto. Adiós.

Colgó.

Solo entonces fue capaz de llorar. Lágrimas de frustración, eran solo eso. Nada. Necesitaba liberarse. Ni siquiera importaba si se daban cuenta de que estaba llorando, siempre que su investigación fuera desapasionada. No tenía por qué vivirlo de aquella manera.

Cuando paró de llorar dejó caer la cabeza sobre los brazos encima de la mesa y quizá se durmió un rato. Seguro que sí; era entrada la tarde. Tenía hambre y necesitaba orinar. No había comido desde el desayuno y siempre le daban mareos alrededor de las cuatro cuando se había saltado el almuerzo.

Los expedientes de los estudiantes seguían en su

mesa. Los sacó, se levantó y se arregló la ropa sudada. Pensó: «La verdad es que hace calor para llevar jersey», sobre todo si era grueso como aquel. Pero no llevaba camisa debajo, por lo que no había solución: no le quedaba más remedio que ir a casa como una bola de sudor.

Si fuera a casa durante el día podría cambiarse de ropa; pero ya no tenía ningún interés en trabajar hasta tarde. A partir de aquel momento, en todo lo que hiciera figuraría el nombre de otra persona, ¿verdad? Al diablo con todos y las subvenciones que manejaban.

Abrió la puerta... Y allí estaba el chico Wiggin, sentado de espaldas a la puerta, poniendo unos cubiertos de plástico sobre servilletas de papel. El olor a comida caliente casi la hizo retroceder hasta la oficina. La miró pero no sonrió.

—Rollitos de primavera de Hunan —anunció él—; pollo satay de My Thai; ensaladas de Garden Green; y, si quiere esperar unos minutos más, tendremos setas rellenas de Trompe L'Oeuf.

—Lo único que quiero es hacer pis —dijo ella—. No quiero hacerlo encima de estudiantes dementes acampados ante mi puerta, así que si se echa a un lado...

Él se movió.

Después de lavarse las manos pensó en no volver a la oficina. Había dejado la puerta cerrada, llevaba la cartera y no le debía nada a aquel chaval. Pero la curiosidad pudo más. No iba a comer nada de aquello, pero tenía que averiguar la respuesta a una pregunta.

—¿Cómo supo cuando iba a salir? —preguntó de pie junto al picnic que él había preparado.

—No lo sabía —respondió—. La pizza y los burritos están en la basura desde hace treinta y quince minutos, respectivamente.

—Quiere decir que ha ido pidiendo comida a intervalos para...

—Para que cuando usted saliera, hubiera algo caliente y/o fresco.

—¿Y, o?

Se encogió de hombros.

—Si no le gusta, no pasa nada. Mi presupuesto es limitado porque vivo de lo que me pagan como vigilante en el edificio de Ciencias Físicas y, si a usted no le gusta, lo único que pasará es que la mitad de mi paga semanal se habrá ido por el retrete.

—La verdad es que es usted un perfecto mentiroso —dijo ella—. Sé lo que les pagan a los vigilantes a tiempo parcial y tendría que dedicar el sueldo de dos semanas, al menos, para pagar todo esto.

—Así que supongo que no se sentará y comerá conmigo por lástima.

—Sí, lo haré —dijo—, pero no por lástima.

—¿Por qué lo haría, entonces?

—Por mí, por supuesto —contestó sentándose—. No voy a tocar las setas. Soy alérgica al shitake y en Oeuf creen que son las únicas setas que valen la pena. Y el satay seguro que está frío porque nunca lo sirven caliente, ni siquiera en el restaurante.

Él le colocó una servilleta de papel sobre las piernas cruzadas y, al mismo tiempo, le entregó un cuchillo y un tenedor.

—Entonces ¿quiere saber qué parte de mi expediente es mentira? —preguntó.

—No me interesa —contestó ella—; y no he buscado su expediente.

Él señaló su mesa.

—Hace tiempo instalé un programa de control en la base de datos. Me informa cuándo se accede a mis cosas y de quién lo hace.

—Eso es absurdo —dijo ella—. Dos veces al día limpian los virus del sistema.

—Limpian los virus conocidos y las anomalías detectables —dijo él.

—Pero ¿me cuenta su secreto a mí?

—Solo porque me ha mentido —aclaró—. Los mentirosos no se delatan mutuamente.

—Está bien —dijo ella queriendo decir: «Está bien, ¿cuál es la mentira?» Pero entonces probó el rollito de primavera y dijo de nuevo—: Está bien. —Esta vez quería decir: «La comida es buena. Está bien.»

—Me alegra que le hayan gustado. Los tienen cortados en jengibre y las hortalizas cogen el sabor, aunque, por supuesto, yo los sumerjo en esta potente salsa de soja, chile y mostaza, así que no tengo ni idea de cómo saben en realidad.

—Déjeme probar la salsa —le pidió ella.

Tenía razón, era tan buena que pensó ponerla en la

ensalada como condimento. O beberla del pequeño vaso de plástico.

—Y en caso de que quiera saber qué parte de mi expediente es mentira, puedo darle la lista entera: Todo. La única afirmación verdadera es el artículo *el*.

—Eso es absurdo. ¿Quién haría eso? ¿Con qué fin? ¿Es usted un testigo protegido?

—No nací en Wisconsin, nací en Polonia. Viví allí hasta los seis años. Estuve en Racine durante dos semanas antes de venir aquí, para conocer a alguien de allí y así poder hablar sobre algunos lugares y convencerlos de que realmente había vivido en ese sitio.

—Polonia —dijo ella. Por la cruzada de su padre en contra de las leyes de población, no pudo dejar de pensar que era un país insumiso.

—Sí, somos inmigrantes ilegales de Polonia. Nos escabullimos por entre la red de guardias de la Hegemonía. O tal vez debería decir, alegales.

Para personas así, Hinckley Brown era un héroe.

—¡Ah! —exclamó ella decepcionada—, ya veo. Este picnic no es por mí, es por mi padre.

—¿Por qué? ¿Quién es su padre? —preguntó John Paul.

—Oh, vamos, Wiggin, ha oído a la chica en la clase esta mañana. Mi padre es Hinckley Brown.

John Paul se encogió de hombros como si nunca hubiera oído hablar de él.

—Vamos —dijo ella—. El año pasado no paraba de estar en todos los vídeos. Mi padre renunciando a la

Flota Internacional por las leyes de población y su familia es de Polonia. ¿Coincidencia? No lo creo.

Él se rio.

—Realmente es desconfiada.

—No puedo creer que no haya conseguido el wantan de Hunan.

—No sabía que le gustaba. Es un sabor más especial. Quería ir a lo seguro.

—¿Montando un picnic en el suelo enfrente de la puerta de mi despacho y tirando la comida que se va enfriando antes de que yo salga? ¿Le parece ir a lo seguro?

—Veamos —contestó Wiggin—. Otras mentiras. ¡Ah!, mi nombre no es Wiggin, es Wieczorek. Y tengo más de un hermano.

—¿Sacó las mejores notas de su curso y le dieron un premio especial?

—Lo hubiera conseguido, pero persuadí a la administración de que no me lo dieran.

—¿Por qué?

—No quiero fotos. No quiero resentimiento por parte de los otros estudiantes.

—Ah, un solitario. Bueno, eso lo explica todo.

—No explica por qué usted estaba llorando en su despacho.

Ella se sacó de la boca el último trozo del rollito de primavera y dijo:

—Lamento no poder devolverle algo de la comida desperdiciada, pero no puede comprar mi vida personal por el precio de comida para llevar.

Dejó el trozo del rollito de primavera, cubierto de saliva, en la servilleta.

—¿Piensa que no me he enterado de lo que han hecho con su proyecto? —preguntó él—. Despedirla, cuando era su idea. Yo también hubiera llorado.

—No estoy despedida —le corrigió ella.

—*Scuzi, bella dona*, pero los expedientes no mienten.

—Eso es lo más ridículo... —Y entonces se dio cuenta de que él estaba sonriendo.

Ella se rio.

—No quiero comprar su vida personal —dijo el chico Wiggin—. Quiero aprender todo lo que sabe sobre Comunidad Humana.

—Entonces vaya a clase. Y la próxima vez lleve la comida allí, para compartirla...

—La comida no es para compartirla. Es para usted.

—¿Por qué? ¿Qué es lo que quiere de mí?

—Quiero no hacerla llorar nunca cuando la llame por teléfono.

—Por ahora lo único que me hace es que quiera gritar.

—Ya se le pasará. ¡Ah!, y otra mentira es mi edad. Soy en realidad dos años mayor de lo que dice el expediente. Comencé la escuela americana más tarde porque tenía que aprender inglés y... hubo ciertas complicaciones con un contrato que ellos dijeron que yo no tenía intención de cumplir. Pero cuando se rindieron, cambiaron mi edad para que nadie notara el desfase.

—¿Ellos?

—La Hegemonía —aclaró el chico Wiggin.

Entonces ya no era un chaval, como ella había pensado. Un hombre. John Paul Wiggin. No podía comenzar a pensar en él por su nombre. Poco profesional. Arriesgado.

—¿De verdad logró que la Hegemonía se rindiera?

—No sé si se rindieron del todo. Creo que cambiaron de objetivo.

—Vale, ahora sí que ha despertado mi curiosidad —reconoció ella.

—¿En lugar de estar irritada y hambrienta?

—Además.

—¿Curiosidad sobre qué?

—¿Cuál era su batalla con la Hegemonía?

—En realidad, fue con la Flota Internacional. Pensaban que debería ir a la Escuela de Batalla.

—No pueden obligar a nadie.

—Lo sé. Pero puse como condición para ir a la Escuela de Batalla que sacaran a toda mi familia de Polonia, primero, y que no se nos aplicaran las sanciones contra las familias numerosas.

—Esas sanciones son obligatorias en Estados Unidos también.

—Si te significas a propósito del asunto —apostilló John Paul—. Como su padre; como su Iglesia.

—No es mi Iglesia.

—Claro, va a ser la única persona en la historia inmune a la religión que le enseñaron de pequeña.

Quería discutírselo, pero sabía que la doctrina que había tras aquella afirmación propugnaba que no es posible escapar de la cosmovisión infundida en la infancia por los padres. A pesar de que durante largo tiempo la repudió, estaba todavía dentro de ella, de modo que era una discusión constante: las voces de sus padres atacándola, su propia voz interior discutiendo con ellos.

—Pero acaban atrapando a las familias con muchos hijos aunque sean discretas —dijo ella.

—Mis hermanos mayores se fueron a vivir con otros familiares. Nunca vivimos más de dos hijos en la casa, y cuando nos visitábamos, nos llamábamos primos.

—¿Y siguen manteniendo todo esto por usted, incluso después de negarse ir a la Escuela de Batalla?

—Algo así —respondió John Paul—. En realidad me hicieron ir a la Escuela de Aviación por un tiempo, pero me puse en huelga. Entonces me amenazaron con enviarnos de nuevo a Polonia o sancionarnos aquí en Estados Unidos.

—¿Por qué no lo hicieron?

—Tenía el acuerdo por escrito.

—¿Desde cuándo eso ha detenido a un Gobierno? —preguntó ella.

—Bueno, no fue porque el contrato me diera derechos; más bien fue por su mera existencia: me limité a amenazar con hacerlo público. No podían negar que habían negociado asuntos relacionados con las leyes de población porque aquí estábamos; éramos la prueba palpable de que habían hecho una excepción.

—El Gobierno puede hacer que cualquier prueba inconveniente desaparezca.

—Lo sé —reconoció John Paul—; por eso creo que todavía tienen algún plan. No pudieron meterme en la Escuela de Batalla, pero me dejaron quedar aquí y a mi familia también. Siempre que se vende el alma al diablo llega un día en el que pasa a cobrar.

—¿Y eso no le molesta?

—Lidiaré con ello cuando afloren esos planes. ¿Y qué hay de usted? El plan que le tenían reservado ya está bastante claro.

—No tanto —dijo ella—. Parece la típica conducta de la Hegemonía: castigar a la hija para que el padre, con mucha presencia pública, cese su rebelión en contra de las leyes de población. Por desgracia, mi padre se crio con la película *Un hombre para la eternidad* y cree que es Tomás Moro. Me parece que lo único que le ha fastidiado es que me hayan cortado la cabeza a mí en vez de a él, profesionalmente hablando.

—Pero usted piensa que hay algo más —aventuró John Paul.

—El decano y mi tribunal de doctorado van a darme el título y me dejarán dirigir el proyecto, pero sin que se me reconozca ningún mérito por ello. Bueno, eso es molesto, sí, pero a largo plazo no tiene importancia, ¿no le parece?

—Tal vez piensen que es una arribista, como ellos.

—Pero saben que mi padre no lo es. No pueden

pensar que esto hará que se rinda. Ni que podrían conseguir que yo lo persuadiera —dijo ella.

—No subestime la estupidez del Gobierno.

—Son tiempos de guerra y de verdad creen que estamos en una situación de emergencia, así que no toleran que haya muchos idiotas en puestos de poder. No, no creo que sean estúpidos. Me parece que todavía no entiendo su plan.

Él asintió y dijo:

—Así que ambos estamos esperando a ver qué tienen en mente.

—Eso creo.

—Y va a quedarse aquí dirigiendo el proyecto.

—Por ahora.

—Si empieza, no lo dejará hasta que obtenga resultados —concluyó John Paul.

—Algunos de los resultados tardarán veinte años.

—¿Estudio longitudinal?

—Observacional, en realidad. En cierto modo es absurdo intentar cuantificar la historia, pero he podido establecer criterios para medir los componentes clave de las sociedades civiles de vida prolongada, así como los desencadenantes que hacen que una sociedad civil vuelva al tribalismo. ¿Es posible que una civilización dure eternamente? ¿O la descomposición es la consecuencia inevitable de una sociedad civil exitosa? ¿O existe un anhelo por la tribu que siempre se abre paso hacia la superficie? El presente no es bueno para la especie humana. Mi evaluación preliminar muestra que cuando una sociedad civil alcanza la madurez y tiene éxito, los ciudadanos se vuelven complacientes y, para satisfacer algunas de sus necesidades, reinventan tribus que desde dentro provocan el desmoronamiento de la propia sociedad.

—Así que tanto el éxito como el fracaso conducen al fracaso.

—La única pregunta es si es inevitable.

—Parece información útil.

—Lo que ya puedo asegurar es que el control de la población es la cosa más estúpida que podían hacer.

—Depende del objetivo —dijo John Paul.

Ella se quedó pensando en eso.

—¿Cree que intentan que la Hegemonía no dure? —preguntó ella.

—¿Qué es la Hegemonía? No es más que un conjunto de naciones que se unieron para derrotar a un enemigo. ¿Y si ganamos? ¿Por qué la iban a dejar continuar? ¿Por qué naciones como esta se someterían a una autoridad?

—Lo harían si la Hegemonía estuviera bien gobernada.

—Ese es el miedo. Si un par de naciones quisieran salirse, entonces las otras podrían mantenerlas dentro por la fuerza, como hizo el norte con el sur en la guerra civil estadounidense. Así que si tienes que cargarte la Hegemonía, lo mejor es que todas las naciones y tribus que puedas la detesten y la consideren opresora.

«A ver si voy a ser yo la estúpida —pensó Theresa—.

En todos estos años, ni mi padre ni yo hemos cuestionado nunca el motivo de las leyes de población.»

—¿Realmente cree que hay alguien en la Hegemonía que es lo bastante ingenioso como para pensar algo así? —preguntó ella.

—No se necesita mucho. Un par de jugadores clave. ¿Por qué han hecho de algo controvertido el fundamento del programa de guerra? Las leyes de población no ayudan a la economía. Tenemos muchas materias primas y lo cierto es que podríamos alcanzar mayor desarrollo, y más rápido, si tuviéramos una población mundial en constante crecimiento. Se mire como se mire es contraproducente; y, sin embargo, es el dogma que nadie se atreve a cuestionar. Ya ha visto cómo ha reaccionado la clase cuando tocó el tema esta mañana.

—Entonces, si lo último que quieren es que la Hegemonía dure, ¿por qué iban a dejar que mi proyecto continúe?

—Tal vez la gente que impulsa las leyes de población no es la misma que la que le deja seguir con su proyecto por debajo de la mesa —aventuró John Paul.

—Si mi padre todavía estuviera activo, podría saber quiénes son.

—O no. Él estuvo con la Flota Internacional. Puede que no sean militares. Podrían estar en varios Gobiernos nacionales pero no participar en la Hegemonía. ¿Y si el Gobierno de Estados Unidos apoya su proyecto discretamente y representa la pantomima de cumplir las leyes de población de la Hegemonía?

—De todas maneras, no soy más que una herramienta.

—Vamos, Theresa, todos somos herramientas, pero eso no significa que no podamos convertir a otras personas en herramientas. O pensar cosas interesantes para usarlas nosotros mismos.

Le molestó que la llamara por su nombre. Bueno, tal vez no le molestó. Sin embargo, sintió algo que la hizo sentir incómoda.

—Ha estado muy bien el picnic, señor Wiggin, pero me temo que cree que ha cambiado nuestra relación.

—Claro que ha cambiado —dijo John Paul—, porque no teníamos ninguna relación y ahora sí la tenemos.

—Sí la tenemos: la de profesor y alumno.

—Esa seguimos teniéndola en clase.

—Es la única que tenemos.

—La verdad es que no —le contradijo John Paul—, porque cuando se trata de las cosas que yo sé y tú no, yo soy maestro y tú eres alumna.

—Le haré saber cuando eso ocurra y me matricularé en su clase.

—Logramos que el otro piense mejor —apuntó él—. Juntos, somos más listos y teniendo en cuenta lo muy brillantes que somos por separado, combinarnos es rotundamente aterrador.

—Fusión nuclear intelectual —le siguió ella, burlándose de la idea.

Solo que no era una burla. ¿O sí? Era bastante cierto.

—Por supuesto, nuestra relación está desequilibra-da —dijo John Paul.

—¿Y eso? —preguntó Theresa, sospechando que él iba a encontrar la manera ingeniosa de decirle que era más inteligente y creativo.

—Porque estoy enamorado de ti —dijo John Paul—, y tú me ves como un estudiante molesto.

Ella sabía cómo tenía que sentirse: debía encontrar aquellas atenciones conmovedoras y dulces. También sabía lo que tenía que hacer: debía decirle inmediata-mente que aunque se sentía halagada, no podrían lle-gar nunca a nada porque ella no sentía lo mismo que él y nunca lo sentiría. Solo que no lo sabía con certeza. No estaba segura. Era conmovedor que se le declarase así.

—Nos hemos conocido hoy —dijo ella.

—Y lo que siento es solo el primer pinchazo del amor —dijo él—. Si tú me tratas como un incordio, pa-saré página, claro, pero no quiero pasar página. Quie-ro conocerte mejor para así poder amarte más y más. Pienso que eres la persona ideal para mí; más que ideal. ¿Dónde voy a encontrar una mujer que sea más inteli-gente que yo?

—¿Desde cuándo es eso lo que busca un hombre?

—Solo los hombres estúpidos que intentan parecer inteligentes necesitan estar con mujeres tontas. Solo los hombres débiles que tratan de parecer fuertes, se sien-ten atraídos por mujeres dóciles. Seguro que en la asig-natura de Comunidad Humana se estudia esto.

—Así que me has visto esta mañana y...

—Te he oído esta mañana, hablé contigo, me hiciste pensar, te hice pensar, y saltó una chispa. Hace un momento ha saltado una chispa cuando nos hemos sentado aquí tratando de sacarle ventaja a la Hegemonía. Creo que deberían estar muertos de miedo de tenernos a los dos sentados aquí, juntos, conspirando contra ellos —dijo él.

—¿Es eso lo que estamos haciendo?

—Los dos los odiamos —dijo John Paul.

—Yo no lo sé —dijo Theresa—. Mi padre los odia, pero yo no soy mi padre.

—Odias a la Hegemonía porque no es lo que pretende ser —dijo John Paul—. Si fuera de verdad el Gobierno de toda la especie humana, si estuviera comprometida con la democracia, la justicia, el crecimiento y la libertad, entonces ninguno de los dos nos opondríamos a ella. En vez de eso, establecen una alianza temporal que cobija bajo su paraguas a los malos Gobiernos. Y ahora que sabemos que esos Gobiernos están manipulando las cosas para que la Hegemonía nunca se convierta en lo que nosotros queremos, ¿qué pueden hacer dos jóvenes brillantes como nosotros excepto conspirar para derrocar a la actual Hegemonía e intentar reemplazarla por algo mejor?

—No me interesa la política.

—Vives y respiras política —objetó John Paul—, aunque la llames Estudios de la Comunidad y finjas que solo te interesa observar y entender. Pero un día tendrás hijos y ellos vivirán en este mundo, así que ya tendría que importarte bastante cómo es el mundo.

A ella no le gustaba nada por donde iba la conversación y dijo:

—¿Qué te hace pensar que tengo la intención de tener hijos? —Él soltó una risita—. No voy a tenerlos solo para desobedecer las leyes de población.

—Venga —le replicó John Paul—, ya he leído el libro de texto. Es uno de los principios básicos del funcionamiento de la comunidad. Incluso la gente que piensa que no quiere reproducirse toma la mayor parte de sus decisiones como si fueran reproductores activos.

—Con excepciones.

—Patológicas —puntualizó John Paul—; y tú estás sana.

—¿Todos los polacos sois igual de arrogantes, entrometidos y groseros?

—Pocos alcanzan mi nivel, pero la mayoría lo intenta.

—¿Así que has decidido en clase que yo iba a ser la madre de tus hijos?

—Theresa, los dos estamos en la edad reproductiva óptima, así que los dos evaluamos a todos los que vemos como potenciales parejas reproductivas.

—Quizá yo te evalúo de forma diferente a como tú me evalúas a mí.

—Sé que es así —aceptó John Paul—, pero mi misión de ahora en adelante es lograr hacerme irresistible.

—¿No se te ha ocurrido que manifestarlo en voz alta podría resultar bastante repelente?

—Vamos. Sabías lo que me proponía desde el principio. ¿Qué conseguiría disimulando?

—Tal vez quiero que me cortejes un poco. Tengo todas las necesidades de una hembra humana ordinaria.

—Perdona, pero algunas mujeres pensarían que he empezado muy bien el cortejo. Recibes malas noticias, tienes una desagradable conversación por teléfono, lloras en tu despacho y cuando sales, ahí estoy yo, con comida para consolarte y arreglándomelas para que sepas, sin preguntarlo, que he tenido problemas para conseguirla. Y te digo que te quiero y que mis intenciones son ser tu compañero en ciencia, en política y en formar una familia. Me parece que todo es muy romántico.

—Bueno, sí. Pero sigue faltando algo.

—Lo sé. Estaba esperando el momento indicado para decirte lo mucho que ansío quitarte ese ridículo jersey. Pensaba esperar hasta que lo desearas tanto que apenas pudieras soportarlo.

Se encontró riendo y sonrojándose.

—Va a pasar mucho tiempo antes de que eso ocurra, amigo.

—Que pase tanto tiempo como sea necesario. Soy un chico polaco católico y los chicos polacos nos casamos con el tipo de chica que no te da leche hasta que compras la vaca.

—Es una metáfora muy atractiva.

—¿Qué te parece lo de huevos hasta que compras la gallina?

—¿Y si intentas con panceta hasta que compras el cerdo?

—¡Agsss! —exclamó él—, pero si insistes, intentaré pensar en términos porcinos.

—No vas a besarme esta noche.

—¿Quién quiere hacerlo? Tienes lechuga entre los dientes.

—Es un momento muy emocionante como para tomar cualquier tipo de decisión racional.

—Contaba con eso.

—Y aún hay otra cosa... —dijo ella—. ¿Y si esto es su plan?

—¿El plan de quién?

—El de ellos. Los mismos ellos de los que hemos estado hablando. Imagina que no te enviaron de nuevo a Polonia porque querían que te casaras con una chica realmente inteligente; tal vez la hija del estratega militar más importante del mundo. Claro que no podían estar seguros de que terminaras en mi clase de Comunidad Humana.

—Sí podían —murmuró pensativo.

—¡Ah!, así que no querías ir a mi clase —exclamó ella.

John Paul se quedó mirando los restos de la comida.

—¡Qué idea tan interesante! Podríamos ser producto de un programa de eugenesia.

—Desde que empezaron a instaurar las universidades mixtas —comentó ella—, siempre han sido un mercado matrimonial para que la gente con dinero pueda casarse con gente con cerebro.

—Y viceversa.

—Pero en otras ocasiones dos personas con cerebro terminan juntas.

—Y cuando tienen hijos, cuidado.

Los dos se echaron a reír.

—Eso es muy presuntuoso, incluso para mí —dijo John Paul—; como si tú y yo fuéramos tan valiosos que hubieran apostado a que íbamos a enamorarnos.

—Tal vez sabían que somos tan irresistiblemente encantadores que no podríamos evitarlo.

—Eso me está pasando.

—Bueno, a mí no —respondió ella.

—¡Ahh!, pero me encanta el reto.

—¿Y si descubrimos que es cierto, que están empujándonos?

—¿Y qué? —dijo John Paul—. ¿Qué importa si al seguir mi corazón cumplo el plan de otro?

—¿Y si no nos gusta el plan? —se cuestionó ella—. ¿Y si es como Rumpelstiltskin? ¿Y si tenemos que renunciar a lo que más amamos con el fin de tener lo que más queremos?

—O viceversa.

—No estoy bromeando.

—Yo tampoco. Incluso en las culturas en las que los padres arreglan los matrimonios, a nadie se le prohíbe enamorarse de su pareja.

—No estoy enamorada, señor Wiggin.

—Está bien —le retó él—: dime que me vaya.

Ella no dijo nada.

—No me lo dices.

—Debería; y ya lo he hecho, varias veces, pero no te has ido.

—Quería asegurarme de que supieras exactamente qué era lo que estabas echando por la borda. Pero ahora que ya te has comido mi comida y has oído mi confesión, estoy listo para aceptar un no como respuesta, si eso es lo que quieres decir.

—Bueno, no voy a decirlo, pero entiende: que no diga que no no significa que digo que sí.

Él se rio.

—Lo entiendo. También entiendo que no decir sí no significa no.

—En algunas circunstancias. Sobre algunas cosas.

—¿Así que el beso sigue siendo un no definitivo? —preguntó.

—Tengo lechuga en los dientes, ¿recuerdas?

Se arrodilló, se inclinó hacia ella y la besó suavemente en la mejilla.

—No hay dientes, no hay lechuga —dijo.

—Todavía no me gustas y ya estás tomándote libertades.

La besó en la frente y añadió:

—Te das cuenta de que unas tres docenas de personas nos han visto aquí sentados comiendo y que cualquiera de ellas podría verme besándote.

—¡Un escándalo! —exclamó ella.

—¡La ruina! —añadió él.

—Nos denunciarán a las autoridades.

—Podría alegrarles el día.

Y como era un día emocionante y él sí le gustaba y sus sentimientos estaban en una confusión tal que no sabía lo que era correcto, bueno o prudente, cedió al impulso y lo besó. En los labios. Un beso breve, como de niños, pero un beso al fin y al cabo.

Entonces llegaron las setas, y mientras John Paul las pagaba y le daba propina a la chica del reparto, Theresa se apoyó contra la puerta de su oficina e intentó pensar sobre lo que había pasado aquel día, lo que seguía pasando con el chico Wiggin, lo que podía pasar en el futuro, con su carrera, con su vida, con él.

Nada estaba claro. Nada era seguro. Sin embargo, a pesar de todas las cosas malas que habían pasado y de todas las lágrimas que había derramado, no pudo evitar pensar que al final había sido un muy buen día.

El juego de Ender

—Haya la gravedad que haya cuando lleguéis a la puerta, recordad: la del enemigo está abajo. Si salís por vuestra propia puerta para dar un paseo, os pondréis a tiro y tendréis merecido que os disparen, más de una vez. —Ender Wiggin se detuvo y miró a todo el grupo. La mayoría de ellos lo miraban nerviosos. Solo unos pocos lo entendían; otros pocos, huraños, se resistían.

Primer día con aquella escuadra, recién salidos de los escuadrones de los profesores; Ender había olvidado lo jóvenes que podían ser los chicos. Llevaba allí tres años y ellos, apenas seis meses. Ninguno tenía más de nueve años de edad, pero eran suyos. Y él, con once, era comandante medio año antes de lo que tocaba. Había tenido una patrulla propia y sabía algunos trucos, pero había cuarenta chicos en la escuadra nueva. Estaban verdes. Eran expertos en paralizadores y en plena forma o no estarían allí, pero de todas maneras era probable que los eliminaran en la primera batalla.

—Recordad que no pueden veros hasta que paséis a través de esa puerta, pero en cuanto estéis fuera caerán sobre vosotros, de manera que debéis llegar a la puerta como sea cuando os disparen. Las piernas hacia abajo, siempre bajando.

Señaló a uno de los niños huraños, que no aparentaba más de siete años, el más pequeño de todos.

—¿Hacia dónde es abajo, novato?

—Hacia la puerta del enemigo. —La respuesta fue rápida y seca, como si dijera «venga, va, vamos a lo importante».

—¿Tu nombre, chico?

—Bean.*

—¿Te lo pusieron por tu tamaño o quizá por tu cerebro?

Bean no contestó. Los otros se rieron un poco. Ender había elegido bien. Aquel niño era el más joven, y seguro que lo habían promocionado por listo. A los otros no les caía muy bien y les gustaba ver que le bajaban los humos un poco; como había hecho con Ender su primer comandante.

—Bueno, Bean, vas directo a las cosas. Os advierto que todo el que cruce esa puerta corre un gran riesgo de que lo alcance un disparo. Unos cuantos de vosotros se convertirán en cemento, por eso debéis aseguraros de la posición de las piernas, ¿entendido? Si solo os dan en las piernas, será lo único que se os congele, y

* *Bean*, judía en inglés. *(N. del T.)*

con gravedad cero eso no es un problema. —Ender se volvió hacia uno de los que parecían aturdidos y preguntó—: ¿Para qué sirven las piernas?

—¿Mmm? —Mirada en blanco. Confusión. Tartamudeo.

—Olvídalo. Supongo que tendré que preguntarle a Bean.

—Las piernas son para alejarse de las paredes —dijo, este, aburrido.

—Gracias, Bean. ¿Lo habéis entendido? —Todos lo habían entendido y no les gustaba que fuera Bean el que se lo dijera.

»Así es. No veis con las piernas, no disparáis con las piernas y la mayor parte del tiempo se interponen en vuestro camino. Si se os congelan juntas y rectas se convertirán en un blanco. No tendréis forma de esconderos. Entonces, ¿cómo van las piernas?

Esta vez contestaron unos cuantos para que se viera que Bean no era el único que sabía algo.

—Debajo del cuerpo. Dobladas y debajo.

—Claro. Un escudo. Os arrodilláis frente a un escudo y el escudo son vuestras propias piernas. Y hay un truco con los trajes. Incluso cuando las piernas están congeladas pueden ponerse en marcha. Solo yo sé hacerlo, pero ahora vais a aprender vosotros.

Ender Wiggin encendió su paralizador. Brillaba, con un verde tenue, en su mano. Luego se dejó elevar en la sala de entrenamiento, plegó las piernas como si estuviera de rodillas, y se las congeló. El traje se puso rígido a la altura de las rodillas y los tobillos, de manera que no podía doblarse.

—Bueno, estoy congelado, ¿lo veis?

Estaba flotando a un metro por encima de ellos, que lo miraban perplejos. Se echó hacia atrás y atrapó uno de los asideros de la pared, detrás de él, y se tiró directamente contra la pared.

—Estoy atascado contra la pared. Si tuviera piernas, las usaría para impulsarme, como una judía, ¿verdad? —Se rieron—. Pero no tengo piernas y es mejor. ¿Por qué? Por esto.

Ender dobló la cintura y luego se enderezó violentamente. Atravesó la sala de entrenamiento de un tirón y los llamó desde el otro lado.

—¿Lo habéis entendido? No he necesitado las manos, por lo que puedo estar utilizando el paralizador, y no tenía las piernas flotando un metro detrás de mí. Mirad otra vez.

Repitió el movimiento, y se agarró a un asidero en la pared, cerca de ellos.

—Esto es lo que quiero que hagáis cuando os disparen a las piernas. Quiero que lo hagáis cuando todavía podéis hacer algo con ellas porque es mejor; y es mejor porque ellos no se lo esperan. Muy bien, todo el mundo en el aire y arrodillándose.

La mayoría de ellos estaba en el aire a los pocos segundos. Ender congeló a los rezagados, que se quedaron colgados sin posibilidad de moverse, mientras los demás se reían.

—Cuando doy una orden, os movéis, ¿queda claro? Cuando estemos ante la puerta y la despejen, os daré órdenes en dos segundos, en cuanto vea la disposición. Y cuando dé la orden más vale que salgáis, porque el que antes salga, ese es el que va a ganar, a menos que sea tonto. Yo no lo soy y más vale que vosotros tampoco u os llevaré de nuevo al escuadrón de profesores.

Vio a unos cuantos tragar saliva y los congelados lo miraron con temor.

—Vosotros, los que estáis colgando ahí. Se os pasará la congelación dentro de unos quince minutos. A ver si podéis alcanzar a los demás.

Durante la siguiente media hora, Ender los tuvo haciendo lo que les había enseñado. No paró hasta que entendieron la técnica. Tal vez fuera un buen grupo. Mejorarían.

—Ahora que habéis entrado en calor, vamos a empezar a trabajar.

Ender fue el último en salir después de la práctica, ya que se había quedado a ayudar a los más lentos para que mejoraran la técnica. Habían tenido buenos profesores, pero como en todas las escuadras, había diferencias entre ellos y algunos podían ser un verdadero obstáculo en combate. Su primera batalla podía tardar semanas o podía ocurrir al día siguiente. No había calendario programado. El comandante se despertaba y junto a la litera se encontraba una nota en la que figuraba la hora de la batalla y el nombre de su oponente. Así que, por primera vez, Ender iba a entrenar a sus chicos hasta que estuvieran en plena forma, todos; listos para cualquier cosa en cualquier momento. La estrategia estaba bien, pero no servía de nada si los soldados no podían aguantar la presión.

Al volver la esquina, en el ala de residencia, se encontró de cara con Bean, el niño de siete años con el que se había metido en el entrenamiento. Eso significaba problemas y Ender no quería tenerlos.

—Hola, Bean.

—Hola, Ender.

Pausa.

—Señor Ender —le corrigió con calma Ender.

—No estamos de servicio.

—En mi escuadra, Bean, siempre estamos de servicio. —Ender lo rozó al pasar.

Detrás de él sonó la voz aguda de Bean:

—Sé lo que está haciendo, señor Ender y tengo que advertirle.

Ender se volvió lentamente y lo miró.

—¿Advertirme de qué?

—Soy el mejor hombre que tiene, pero le conviene tratarme como tal.

—¿O qué? —Ender sonrió amenazante.

—O seré el peor hombre. O lo uno o lo otro.

—¿Y qué es lo que quieres? ¿Besos y amor? —Ender estaba enfadándose.

Bean no se inquietó.

—Quiero una patrulla.

Ender caminó hacia él, se paró y lo miró directamente a los ojos.

—Les daré una patrulla a los que demuestren que valen algo. Tienen que ser buenos soldados, tienen que saber cómo proceder con las órdenes y tienen que ser capaces de pensar por sí mismos en momentos difíciles y de mantener el respeto. Así es como yo llegué a ser un comandante. Así es como tú llegarás a dirigir una patrulla. ¿Lo entiendes?

Bean sonrió.

—Está bien. Si es cierto que funciona de esa forma, en un mes dirigiré una patrulla.

Ender lo miró desde arriba, lo agarró por el uniforme y lo empujó contra la pared.

—Cuando digo que trabajo de cierta manera, Bean, es que trabajo de esa manera.

Bean se limitó a sonreír. Ender lo soltó y se alejó, sin mirar atrás. Sabía que Bean seguía observándolo, sin dejar de sonreír y con cierto desprecio. Podía convertirlo en un buen jefe de patrulla. Lo vigilaría.

El capitán Graff, un metro sesenta y un poco regordete, se acarició la barriga mientras se reclinaba en la silla. Al otro lado de la mesa, el teniente Anderson, muy serio, señalaba los puntos altos de un gráfico.

—Aquí está, capitán —dijo Anderson—. Ender ya ha conseguido enseñarles una táctica que va a hacer trizas a quien se enfrente a ellos. Duplica su velocidad.

Graff asintió.

—Y conoce las notas de sus exámenes. Además, piensa bien.

Graff sonrió.

—Todo eso es cierto, Anderson; es buen estudiante y es prometedor.

Esperaron.

Graff suspiró.

—Entonces ¿qué quiere que haga?

—Ender es el indicado. Tiene que serlo.

—No estará listo a tiempo, teniente. Tiene once años, por el amor de Dios. ¿Qué quiere usted, un milagro?

—Lo quiero en las batallas, todos los días empezando desde mañana. Quiero que tenga años de batallas en un mes.

Graff sacudió la cabeza.

—Eso quiere decir que su escuadra terminará en el hospital.

—No. Está poniéndolos en forma. Y necesitamos a Ender.

—Corrección, teniente. Necesitamos a alguien. Usted cree que es Ender.

—Muy bien, creo que es Ender. ¿Qué otro comandante, si no?

—No lo sé, teniente. —Graff se pasó las manos por la calva—. Son niños, Anderson. ¿Se da cuenta de ello?

La escuadra de Ender tiene nueve años de media. ¿Vamos a hacerlos pelear contra los más grandes? ¿Vamos a llevarlos a que estén en el infierno durante un mes, así como así?

El teniente Anderson se inclinó aún más sobre la mesa de Graff.

—¡La puntuación de Ender en las pruebas, capitán!

—¡He visto su maldita puntuación! ¡Lo he visto en la batalla, he oído las cintas de sus sesiones de entrenamiento, he visto sus patrones de sueño, he escuchado sus conversaciones en los pasillos y en el baño, estoy más al tanto de Ender Wiggin de lo que usted puede pensar! Y contra todos los argumentos, contra sus cualidades evidentes, estoy ponderando solo una cosa. Me imagino a Ender dentro de un año si hacemos lo que usted dice. Lo veo completamente inútil, agotado, un fracaso, debido a que lo empujamos más lejos de lo que él, o cualquier otra persona, podría ir. Pero eso no cuenta, ¿no es así, teniente? Porque estamos en guerra y nuestros mejores talentos se fueron, y aún faltan las batallas más importantes. Así pues, esta semana, dele a Ender una batalla todos los días. Y luego tráigame un informe.

Anderson se puso de pie y saludó.

—Gracias, señor.

Casi había alcanzado la puerta cuando Graff lo llamó. Se giró y miró al capitán, que le preguntó:

—Anderson, ¿ha estado fuera, últimamente?

—No desde la última salida, hace seis meses.

—No me lo imaginaba. No es que sea significativo, pero ¿ha ido alguna vez al parque Beaman, allí, en la ciudad? Hermoso parque. Árboles. Césped. Sin batallas, sin preocupaciones. ¿Sabe qué más hay en Beaman Park?

—¿Qué, señor? —preguntó el teniente Anderson.

—Niños —contestó Graff.

—Claro, niños.

—Quiero decir, niños. Me refiero a chavales que se levantan por la mañana, cuando su madre los llama, y van a la escuela, y luego por la tarde van al parque Beaman y juegan. Son felices, sonríen mucho, ríen, se divierten.

—Seguro, señor.

—¿Eso es todo lo que puede decir, Anderson?

Anderson se aclaró la garganta.

—Creo que para los críos es bueno divertirse; yo lo hacía de niño. Pero ahora, el mundo necesita soldados. Y esta es la manera de tenerlos.

Graff asintió y cerró los ojos.

—Sí, la verdad es que tiene razón. Las pruebas estadísticas y todas esas teorías importantes funcionan, maldita sea, y el sistema tiene razón pero, de todos modos, Ender es mayor que yo. No es un niño; casi ni es persona.

—Si eso es cierto, señor, entonces por lo menos todos sabemos que Ender está haciendo posible que otros críos de su edad puedan jugar en el parque.

—Y Jesús murió para salvar a todos los hombres, por supuesto —replicó Graff. Se sentó y miró a Anderson casi con tristeza—. Pero somos nosotros, nosotros, los que estamos clavando los clavos.

Ender Wiggin estaba en la cama mirando fijamente al techo. Nunca dormía más de cinco horas, pero las luces se apagaban a las diez de la noche y no se encendían hasta las seis de la mañana. Así que miraba al techo y pensaba.

Había tenido la escuadra durante tres semanas y media. La escuadra Dragón. Les asignaron ese nombre y no era un buen augurio. Las estadísticas decían que hacía unos nueve años, una escuadra Dragón lo había hecho bastante bien, pero durante los siguientes seis años, el nombre lo habían llevado escuadras peores y, al final, como se generó cierta superstición en torno a él, se había retirado. Hasta aquel momento. Y ahora, pensó Ender sonriendo, la escuadra Dragón iba a darles una sorpresa.

La puerta se abrió sin hacer ruido. Ender no se giró. Alguien entró sigilosamente en su habitación y luego se fue. Oyó cerrarse la puerta. Cuando los tenues pasos se extinguieron, Ender se volvió y vio un papel blanco en el suelo. Se agachó y lo recogió. «Escuadra Dragón contra escuadra Conejo, Ender Wiggin y Carn Carby, 07:00.»

La primera batalla. Se levantó de la cama y se vistió

deprisa. Fue rápidamente a los cuartos de los jefes de patrulla y les dijo que despertaran a sus muchachos. En cinco minutos estaban todos reunidos en el pasillo, aún adormilados. Ender les habló despacio:

—Primera batalla, a las siete contra la escuadra Conejo. He luchado contra ellos dos veces, pero tienen un nuevo comandante. No he oído hablar de él. Son mayores que nosotros; sin embargo, conozco algunos de sus trucos. Ahora, despertaos. Corred, muy rápido, a calentar en la sala de entrenamiento tres.

Se entrenaron durante una hora y media, con tres simulacros de batallas y gimnasia en el pasillo, fuera de la sala de gravedad cero. Después permanecieron durante unos quince minutos en el aire, relajados por la falta de peso.

A las 6.50, Ender los sacó de allí y fueron hacia el pasillo. Los condujo por él, corriendo y saltando de vez en cuando para tocar un plafón de luz en el techo. Todos tenían que tocar el mismo plafón. A las 6.58 llegaron a la puerta de la sala de batalla.

Los miembros de las patrullas C y D se agarraron a los primeros ocho asideros en el techo del corredor. Las patrullas A, B y E se agacharon en el suelo. Ender se colgó con los pies de dos asideros que había en el centro del techo, lo que lo ponía fuera del camino de todos.

—¿Dónde está la puerta del enemigo? —siseó.

—¡Abajo! —respondieron, susurrando y riendo.

—Paralizadores encendidos.

Las cajas que llevaban en la mano brillaban con un color verde. Esperaron unos segundos más; luego la pared gris que tenían enfrente desapareció y la sala de batalla quedó completamente visible. Ender lo comprendió enseguida. Se trataba de aquella cuadrícula de la mayoría de los juegos antiguos, como el de las barras trepadoras de los parques, con siete u ocho cajas dispersas en la cuadrícula. A las cajas las llamaban «estrellas». Había suficientes como para que valiera la pena ir a por ellas y estaban cerca. Ender decidió todo en un segundo y gritó:

—Dispersaos hacia las estrellas más cercanas. ¡Patrulla E, esperad!

Los cuatro grupos se zambulleron en el campo de fuerza de la entrada y cayeron en la sala de batalla. Antes de que el enemigo apareciera por la puerta opuesta, la escuadra de Ender se había dirigido desde la puerta hacia las estrellas más cercanas. Entonces aparecieron los soldados enemigos a través de la puerta. Desde su posición, Ender se dio cuenta de que habían estado en una gravedad diferente y que no sabían lo suficiente como para desorientarlos. Estaban de pie, con todo el cuerpo extendido e indefenso.

—¡Patrulla E, aniquiladlos! —siseó Ender al mismo tiempo que se lanzaba por la puerta, las rodillas por delante, el paralizador entre las piernas y disparando.

Mientras el grupo de Ender volaba cruzando la sala, el resto de la escuadra Dragón los cubría disparando. La patrulla E llegó a la parte de delante y solo un niño fue congelado por completo, aunque todos estaban sin poder usar las piernas, lo que no los afectaba lo más mínimo. Hubo una pausa mientras Ender y su oponente, Carn Carby, evaluaban sus posiciones. Aparte de las pérdidas de la escuadra Conejo en la puerta, había pocas bajas y ambas escuadras conservaban su poder de fuego. Pero Carn no tenía inventiva. Su escuadra se disponía siguiendo el patrón de dispersión de los cuatro rincones, algo que cualquier niño de cinco años del batallón de los profesores podía haber pensado. Y Ender sabía cómo derrotarlo.

—E cubre A. C abajo. B, D al ángulo de la pared este —ordenó a voz en grito.

Bajo la protección de la patrulla E, la B y la D se lanzaron lejos de sus estrellas. Las patrullas A y C dejaron las suyas; seguían expuestos y flotaron hacia la pared cercana. La alcanzaron juntos, y juntos doblaron la cintura, para alejarse de la pared. Con la velocidad así adquirida, aparecieron detrás de estrellas del enemigo y abrieron fuego. En unos pocos segundos la batalla había terminado. Casi todos los enemigos estaban congelados, incluyendo el comandante, y los pocos que no lo estaban habían quedado dispersos en los rincones. Durante los cinco minutos siguientes, la escuadra Dragón, organizada en batallones de cuatro en cuatro, barrió los oscuros rincones de la sala de batalla y condujo el enemigo al centro de la sala, donde sus cuerpos, congelados en ángulos imposibles, se empujaban unos a otros. Entonces Ender cogió a tres de sus chicos y los llevó hacia la puerta del enemigo, para cumplir con la formalidad de revertir el campo unidireccional tocando simultáneamente todas las esquinas con un casco de la escuadra Dragón. A continuación reunió a su escuadra, cuyos miembros se dispusieron en filas verticales, cerca del nudo conformado por los soldados congelados de la escuadra Conejo.

Solo tres soldados de la Dragón estaban paralizados. Su victoria —treinta y ocho a cero— era espectacular y Ender empezó a reírse. Toda la escuadra lo acompañó, riendo a carcajadas. Cuando los tenientes Anderson y Morris aparecieron por la puerta de profesores, en el extremo sur de la sala de batalla aún seguían riéndose. El teniente Anderson estaba serio, pero Ender vio que le guiñaba un ojo mientras le tendía la mano y lo felicitaba con la seriedad y la formalidad que el rito mandaba para con el vencedor del juego. Morris encontró a Carn Carby y lo descongeló. El muchacho, que tenía trece años, se presentó ante Ender, que reía sin malicia y le tendió la mano. Carn la tomó con educación e inclinó la cabeza. Era eso o ser paralizado de nuevo.

El teniente Anderson despachó a la escuadra Dragón. Sus miembros dejaron la sala de batalla en silencio a través de la puerta del enemigo, como también mandaba el ritual. Una luz titilaba en el lado norte de la puerta cuadrada indicando donde estaba la gravedad en aquel pasillo. Ender, al frente de sus soldados, cambió de dirección, atravesó el campo de fuerza y cayó de pie en el campo gravitatorio. Su escuadra lo siguió de inmediato y volvieron a la sala de entrenamiento. Cuando llegaron allí se formaron y Ender quedó colgado en el aire, observándolos.

—Una buena primera batalla —dijo. Se desencadenaron los vítores, pero Ender los hizo callar—. La escuadra Dragón lo ha hecho bien contra los Conejos, pero el enemigo no va a ser tan malo. Si hubiera sido una buena escuadra, nos habrían aplastado. Podríamos haber ganado, pero nos hubieran aplastado. Ahora, dejadme ver; las patrullas B y D, aquí: habéis salido de las estrellas muy despacio. Si los de la escuadra Conejo supieran disparar el paralizador, habríais quedado congelados antes de que A y C llegaran a la pared.

Se entrenaron el resto del día. Aquella noche, Ender fue por primera vez al comedor de los comandantes. Nadie podía ir allí antes de haber ganado, por lo menos, una batalla y Ender era el comandante más joven en lograrlo. No hubo un gran revuelo cuando entró, pero algunos, al ver el dragón en el bolsillo del pecho de su uniforme, lo miraron directamente y, para cuando se sentó a una mesa vacía con su bandeja, toda la sala estaba en silencio y los otros comandantes lo miraban. Ender se dio cuenta de la situación y se preguntó cómo era que todos sabían lo que había pasado y por qué parecían tan hostiles.

Entonces miró hacia la puerta por la que había entrado. Encima de ella había un gran marcador que ocupaba toda la pared. Registraba las victorias y las derrotas de cada escuadra y el tanteo; las batallas del día estaban en rojo. Solo cuatro de ellas. Las otras tres habían ganado muy justo; la mejor solo contaba con dos hombres enteros y once móviles al final del juego. La puntuación de treinta y ocho móviles obtenida por la escuadra Dragón era la mejor. En el comedor de comandantes habían recibido a otros con alabanzas y felicitaciones, pero ninguno de esos otros había ganado treinta y ocho a cero.

Ender buscó la escuadra Conejo en el marcador. Se sorprendió al ver que la puntuación de Carn Carby hasta aquel día era de ocho victorias y tres derrotas. ¿Tan bueno era? ¿O es que solo había combatido contra escuadras inferiores? Fuera como fuese, Carn tenía cero móviles en todas las columnas, y Ender estaba bajo el marcador sonriendo. Nadie le devolvió la sonrisa y supo que le tenían miedo, lo que significaba que lo odiarían y que el que se batiera contra la escuadra Dragón estaría asustado y enfadado, y, por tanto, sería menos competente. Buscó a Carn Carby entre la multitud y lo localizó no muy lejos. Lo miró fijamente hasta que uno de los otros chicos le dio un codazo al comandante de la Conejo y le señaló a Ender. Este sonrió de nuevo y lo saludó con la mano. Carby se ruborizó y Ender, satisfecho, se inclinó sobre la cena y empezó a comer.

Al final de la semana la escuadra Dragón había librado siete batallas en siete días. El marcador era de siete victorias y cero derrotas. Ender nunca había tenido más de cinco chicos congelados. Ya no era posible que los otros comandantes lo ignoraran. Unos pocos se sentaron con él y hablaron en voz baja sobre las estrategias que los oponentes de Ender habían utilizado. Otros, muchos más, charlaban con los comandantes a los que Ender había derrotado, intentando averiguar qué había hecho para vencerlos.

A la mitad de la comida se abrió la puerta de profesores. Los grupos se quedaron en silencio mientras el teniente Anderson caminaba y los inspeccionaba. Cuando localizó a Ender, atravesó rápidamente la sala y le susurró algo al oído. Él asintió, se bebió su vaso de agua y dejó la sala con el teniente. De camino a la salida, Anderson le entregó una hoja de papel a uno de los muchachos mayores. En la sala volvía a oírse el rumor de las conversaciones cuando Anderson y Ender se retiraban.

Ender fue escoltado a través de pasillos en los que nunca había estado. No tenían el brillo azul de los de los soldados. La mayoría tenía paneles de madera y el suelo enmoquetado. Las puertas también eran de madera, con placas de identificación. Se detuvieron en la que decía CAPITÁN GRAFF, SUPERVISOR. Anderson llamó con delicadeza y una voz grave respondió: «Pase.» Entraron. El capitán Graff estaba sentado detrás de la mesa con las manos cruzadas sobre la barriga. Señaló con la cabeza y Anderson se sentó. Ender también lo hizo. Graff se aclaró la garganta y dijo:

—Siete días desde tu primera batalla, Ender.

Ender no respondió.

—Has ganado siete batallas, una cada día.

Ender asintió.

—Con puntuaciones inusualmente altas, además.

Ender pestañeó.

—¿Cómo lo has hecho? —le preguntó Graff.

Ender miró fugazmente a Anderson y luego le habló al capitán, que estaba detrás del escritorio:

—Dos tácticas nuevas, señor: las piernas plegadas como escudo, de modo que no se pueda inmovilizar a una persona con el paralizador, y doblarse para rebotar en las paredes. También una estrategia muy buena, como me enseñó el teniente Anderson pensar en lugares, no en espacios. Además, cinco patrullas de ocho en vez de cuatro de diez. Por otra parte, oponentes incompetentes. Y excelentes jefes de patrulla y buenos soldados.

Graff, inexpresivo, miró a Ender, que se preguntaba a qué estaba esperando. El teniente Anderson dijo:

—Ender, ¿en qué condiciones está tu escuadra?

Supuso que querían que pidiera un descanso y decidió que no lo haría de ninguna manera.

—Están un poco cansados, pero en condiciones excelentes: moral alta, aprendiendo rápido, y ansiosos por la próxima batalla.

Anderson miró a Graff, que se encogió de hombros ligeramente y miró a Ender.

—¿Hay algo que quieras saber?

Ender extendió despacio las manos en su regazo.

—¿Cuándo va a ponernos frente a una escuadra buena?

La risa de Graff resonó en la habitación. Cuando paró de reírse, le entregó un papel a Ender, mientras decía:

—Ahora.

Ender leyó: «Escuadra Dragón contra escuadra Leopardo, Ender Wiggin y Pol Slattery 20:00 h.» Luego miró al capitán Graff.

—Eso es dentro de diez minutos, señor.

Graff sonrió.

—Entonces será mejor que te des prisa.

En cuanto dejó el despacho, Ender llegó a la conclusión de que Pol Slattery era el chaval al que le habían entregado las órdenes cuando él salía del comedor. Tardó unos cinco minutos en llegar hasta su escuadra. Tres jefes de patrulla estaban ya desvestidos y tumbados en la cama. Los mandó a toda prisa por los pasillos para que despertaran a los miembros de sus patrullas respectivas y él recogió sus trajes. Cuando todos los muchachos se reunieron en el pasillo, aunque la mayoría estaba a medio vestir, Ender se dirigió a ellos:

—Esta batalla va a ser difícil y no hay tiempo. Llegaremos tarde a la puerta y el enemigo estará desplegado justo delante de la nuestra. Emboscados. No he oído que eso haya sucedido hasta ahora, así que nos lo tomaremos con calma en la puerta. Las patrullas A y B que mantengan las correas flojas; dadles los paralizadores a los jefes y a los segundos de las otras patrullas.

Desconcertados, sus soldados le obedecieron. Ya estaban todos vestidos y Ender los llevó al trote hasta la puerta. Cuando llegaron, el campo de fuerza ya era unidireccional y algunos de los soldados jadeaban. Habían combatido en otra batalla aquel mismo día y habían hecho una sesión completa de entrenamiento. Estaban cansados.

Ender se detuvo en la entrada y miró la disposición de los soldados enemigos. Algunos estaban agrupados a poco más de cinco metros de la puerta. No había cuadrícula, no había estrellas. Un gran espacio vacío. ¿Dónde estaban casi todos los soldados enemigos? Debería de haber treinta más.

—Están apoyados contra aquella pared, donde no podemos verlos —dijo Ender.

Les ordenó a las patrullas A y B que se arrodillaran con las manos en la cintura. Luego les disparó para que se congelaran.

—Vais a ser nuestros escudos —les dijo. Luego hizo que los chavales de la C y la D se arrodillaran y agarraran con los brazos a los congelados por debajo del cinturón: cada uno llevaba dos paralizadores. Entonces Ender y los miembros de la patrulla E recogieron las parejas formadas y las fueron empujando de tres en tres a través de la puerta. Tal como esperaba, el enemigo abrió fuego de inmediato, pero le dieron a los que ya estaban congelados. En un instante había estallado un pandemónium en la sala de batalla. Todos los soldados de la escuadra Leopardo eran blancos fáciles ya que estaban apoyados contra la pared o flotando, sin protección, en medio de la sala, y los soldados de Ender, armados con dos paralizadores cada uno, los destrozaron fácilmente. Pol Slattery reaccionó deprisa y alejó a sus hombres de la pared, pero no fue lo bastante rápido, ya que solo unos pocos podían moverse y los paralizaron antes de que pudieran hacer una cuarta parte del camino a través de la sala de batalla.

Cuando terminó la contienda, a la escuadra Dragón solo le quedaban doce chicos intactos, la puntuación más baja que habían obtenido nunca. Pero Ender estaba satisfecho y durante el ritual de rendición Pol Slattery rompió con las formas y le estrechó la mano mientras le preguntaba:

—¿Por qué has esperado tanto tiempo para salir por la puerta?

Ender miró a Anderson, que estaba flotando cerca.

—Me han avisado tarde —le contestó—. Fue una emboscada.

Slattery sonrió y chocó la mano de Ender de nuevo.

—Buen juego.

Esta vez Ender no le sonrió a Anderson. Sabía que ahora los juegos estarían preparados en su contra, para igualar las opciones. No le gustaba.

Eran las 21.50, casi hora de apagar las luces, cuando Ender llamó a la puerta del cuarto que Bean compartía con otros tres soldados. Uno de ellos se asomó a la puerta, luego retrocedió y la abrió de par en par. Ender se quedó quieto un instante y a continuación le preguntó si podía pasar. Se oyó «por supuesto, por supuesto, pase» y se acercó a la litera de arriba, donde Bean, que había dejado el libro que estaba leyendo y estaba incorporado a medias, apoyado en el codo, miraba a Ender.

—Bean, ¿me permites veinte minutos?

—Es casi la hora de que apaguen las luces —contestó Bean.

—En mi cuarto —le indicó Ender—. Yo te cubro.

Bean se sentó y salió de la cama. Caminaron juntos silenciosamente por el pasillo hasta el cuarto de Ender, que entró primero. Bean cerró la puerta.

—Siéntate —le dijo Ender. Los dos se sentaron en el borde de la cama, mirándose—. ¿Recuerdas hace cuatro semanas, Bean? ¿Cuando me dijiste que querías ser jefe de patrulla?

—Sí.

—Desde entonces he nombrado cinco jefes de patrulla, ¿verdad? Y ninguno has sido tú.

Bean lo miró sin alterarse.

—¿Es cierto o no? —preguntó Ender.

—Sí, señor —respondió Bean.

Ender asintió.

—¿Cuál ha sido tu comportamiento en estas batallas?

Bean inclinó la cabeza hacia un lado y contestó:

—Nunca me han inmovilizado, señor, y he inmovilizado a cuarenta y tres enemigos. He obedecido órdenes rápidamente, he dirigido una patrulla en un barrido y no he perdido ningún soldado.

—Entonces entenderás esto. —Ender se detuvo. Decidió retroceder y decir algo más antes de ir al asunto—. Sabes que vas adelantado, Bean, por lo menos medio año. Yo también iba así y he llegado a ser comandante seis meses antes de lo normal. Ahora me han puesto a dirigir batallas, aunque solo había entrenado tres semanas con mi escuadra. Me han asignado ocho batallas en siete días; ya tengo más que algunos de los que nombraron comandantes hace cuatro meses y he ganado más que muchos de los que lo son desde hace un año. Y lo de esta noche...; sabes lo que ha pasado.

Bean asintió.

—Le han avisado tarde.

—No sé qué están haciendo los profesores, pero mi escuadra empieza a cansarse, y yo también; encima ahora van cambiando las reglas del juego. Verás, Bean, he visto los datos antiguos. Nadie ha destruido tantos equipos ni ha mantenido tantos de sus soldados enteros en toda la historia del juego. Soy único; y estoy recibiendo un trato único.

Bean sonrió.

—Es el mejor, Ender.

Ender sacudió la cabeza.

—Quizá. Pero no he conseguido los soldados que tengo por casualidad. Mi peor soldado podría ser jefe de patrulla en otra escuadra: tengo a los mejores. Me han concedido muchas cosas, pero ahora están poniendo todo en mi contra. No sé por qué, pero sé que debo estar preparado para ello. Necesito tu ayuda.

—¿Por qué la mía?

—Porque a pesar de que hay algunos soldados mejores que tú en la escuadra Dragón, aunque no muchos, nadie piensa tan bien ni tan rápido.

Bean no dijo nada. Los dos sabían que era cierto. Ender continuó:

—Necesito estar preparado, pero no puedo volver a entrenar a toda la escuadra. Así que voy a sacar un soldado de cada patrulla; entre ellos, tú. Formaréis una especial, bajo mi mando directo, y aprenderéis a hacer algunas cosas nuevas. La mayor parte del tiempo estaréis con los pelotones regulares, como hasta ahora. Pero cuando te necesite... ¿Lo entiendes?

Bean sonrió y asintió.

—Está bien. ¿Puedo elegirlos yo?

—Uno por cada patrulla, excepto la tuya, y no puedes elegir ningún jefe de patrulla.

—¿Qué quiere que hagamos?

—Bean, no lo sé. No sé con qué van a atacarnos. ¿Qué harías si de repente nuestros paralizadores no funcionaran y los del enemigo sí? ¿Qué harías si tuviéramos que enfrentarnos a dos escuadras a la vez? Lo único que sé es que puede haber un juego en el que ni siquiera intentemos ganar puntos, sino que solo vayamos a por la puerta del enemigo. Quiero que estés listo para hacer eso en cualquier momento que lo pida, ¿lo entiendes? Los apartas durante dos horas al día, cuando estemos en el entrenamiento normal. Luego tú, tus soldados y yo trabajaremos por la noche, después de la cena.

—Vamos a llegar cansados.

—Tengo la sensación de que todavía no sabemos lo que es estar cansado. —Ender extendió la mano, cogió la de Bean y la sujetó—. Aunque manipulen todo en nuestra contra, Bean, vamos a ganar.

Bean dejó la habitación en silencio y caminó por el pasillo.

La Dragón no era la única escuadra que se entrenaba fuera de horas. Los otros comandantes se habían dado cuenta finalmente de que tenían que ponerse al día. Desde primeras horas de la mañana hasta que se apagaban las luces, todos los soldados del Centro de Entrenamiento y Comando, cuya edad no superaba los catorce años, estaban aprendiendo cada una de las técnicas aplicadas por Ender.

Y mientras los otros comandantes dominaban esas técnicas, Ender y Bean trabajaban con problemas que todavía no habían surgido. Libraban batallas todos los días; de las normales, con cuadrículas, estrellas y saltos bruscos a través de la puerta. Y después de las batallas, Ender, Bean y los otros cuatro soldados dejaban el grupo principal y practicaban maniobras extrañas. Ataques sin paralizadores, en los que usaban los pies para quitarles las armas o desorientar al enemigo; otras veces revertían la puerta del enemigo en menos de dos segundos utilizando cuatro soldados congelados. Un día Bean llegó al entrenamiento con una cuerda de treinta metros.

—¿Para qué es eso?

—Todavía no lo sé.

Sin prestar atención, Bean giró uno de los extremos. No tenía ni cinco milímetros de grosor, pero habría levantado diez adultos sin romperse.

—¿Dónde la has conseguido?

—En la cafetería. Me preguntaron para qué la quería y les dije que para practicar nudos.

Bean hizo un lazo en el extremo de la cuerda y se lo pasó sobre los hombros.

—Vosotros dos, aguantad en la pared de allí. Ahora no sujetéis la cuerda. Dadme unos cincuenta metros.

Lo hicieron y Bean se movió a unos tres metros de ellos a lo largo de la pared.

En cuanto estuvo seguro de que estaban preparados, dobló la cintura, se impulsó fuera de la pared y voló en línea recta, a unos cincuenta metros. La cuerda se tensó; era tan fina que resultaba casi invisible, pero era lo bastante fuerte como para desviar a Bean en ángulo recto. Ocurrió tan de repente que hizo un arco perfecto y golpeó la pared con fuerza antes de que la mayoría de los otros soldados supieran lo que había pasado. Bean hizo un rebote perfecto y se desplazó veloz de vuelta hacia donde Ender y los otros esperaban.

Muchos de los soldados de los cinco escuadrones regulares no se habían dado cuenta de la cuerda y le exigían a Bean que les dijera cómo había hecho aquel movimiento. Con gravedad cero era imposible cambiar la dirección tan de repente. Bean se rio.

—¡Esperad al próximo juego sin cuadrícula! No se enterarán de dónde les caen los golpes.

Y nunca lo supieron. El siguiente juego era al cabo de dos horas; para entonces Bean y los otros dos compañeros eran muy buenos apuntando y disparando al mismo tiempo que volaban a una velocidad imposible al final de la cuerda.

Les entregaron la orden y la escuadra Dragón corrió hasta la puerta, a librar la batalla contra la escuadra Grifo. Bean enrolló la cuerda. Cuando la puerta se abrió, todo lo que podían ver era una larga estrella marrón, a apenas cinco metros de distancia, bloqueando completamente su visión de la puerta del enemigo. Ender no se detuvo.

—Bean, date cinco metros de cuerda y dirígete hacia la estrella.

Bean y sus cuatro soldados cayeron por la puerta y, de repente, se tiraron de lado, lejos de la estrella. La cuerda se tensó y Bean voló hacia delante; a medida que la cuerda daba con los bordes de la estrella, el arco que describía su cuerpo se tensaba y su velocidad aumentaba, hasta que golpeó la pared, a menos de un metro de la puerta. Casi no pudo controlar el rebote para no acabar detrás de la estrella, pero enseguida movió los brazos y las piernas para que los suyos supieran que el enemigo no le había acertado.

Ender cayó por la puerta y Bean, rápidamente, lo puso al corriente de la disposición que presentaba la escuadra Grifo:

—Tienen dos cuadrículas de estrellas alrededor de la puerta. Todos los soldados están a cubierto y no hay forma de darle a ninguno hasta que lleguemos a la pared del fondo. Incluso con escudos, llegaríamos ahí con la mitad de la fuerza y no tendríamos oportunidad.

—¿Se mueven? —preguntó Ender.

—¿Necesitan hacerlo?

«Yo lo haría», pensó Ender.

—Esta será difícil. Vamos a por la puerta, Bean.

La escuadra Grifo comenzó a llamarlos.

—¡Eh! ¿Hay alguien ahí?

—¡Despertad, estamos en guerra!

—¡Queremos unirnos a la fiesta!

Todavía estaban llamándolos cuando la escuadra de Ender salió por detrás de su estrella, con un escudo de catorce soldados congelados. William Bee, el comandante de la escuadra Grifo, con sus hombres protegidos por las estrellas, esperaba paciente, mientras se acercaba la pantalla, a que lo que fuera que hubiera detrás del escudo se hiciera visible. A unos diez metros de distancia, la pantalla estalló cuando los soldados la empujaron hacia el norte. La inercia los llevó hacia el sur, doblando la velocidad normal, y en ese instante el resto de la escuadra Dragón emergió desde detrás de su estrella, en el extremo opuesto de la sala, disparando a toda velocidad.

Los chicos de William Bee se unieron a la batalla de inmediato, por supuesto, pero al comandante le interesaba más lo que había quedado flotando al deshacerse el escudo. Una formación de cuatro soldados congelados de la escuadra Dragón se dirigía a la puerta de la escuadra Grifo. Estaban unidos a otro soldado congelado, cuyos pies y manos se agarraban del cinturón de otros. Un sexto soldado colgaba de la cintura del anterior como la cola de una cometa. La escuadra Grifo estaba ganando la batalla fácilmente y William Bee se concentró en la formación que se aproximaba a la puerta. De pronto el soldado que estaba en la cola de la cometa se movió: ¡no estaba congelado! William le disparó y le dio, pero el daño ya estaba hecho. La formación derivó hasta la puerta de la escuadra Grifo y sus cascos tocaron los cuatro rincones simultáneamente. Sonó un timbre, la puerta se puso en reversión y el impulso arrastró a los soldados congelados a través de ella. Todos los paralizadores dejaron de funcionar; el juego había terminado.

La puerta de los profesores se abrió y entró el teniente Anderson. Se detuvo y movió ligeramente las manos cuando llegó al centro de la sala de batalla.

—Ender —llamó, rompiendo el protocolo.

Uno de los soldados de la Dragón, situado en la pared sur, intentó responder, pero tenía la mandíbula sujeta por el traje. Anderson se dirigió hacia él y lo descongeló.

Ender sonreía.

—Le he ganado a usted otra vez, señor —dijo.

Anderson no sonrió.

—Eso es una tontería, Ender —le replicó Anderson con calma—. Tu batalla era contra William Bee de la escuadra Grifo.

Ender levantó una ceja.

—Después de esa maniobra —le advirtió Anderson— se van a revisar las normas para exigir que todos los soldados del enemigo estén inmovilizados antes de que la puerta se pueda revertir.

—Está bien —aceptó Ender—. De todas maneras, solo podía funcionar una vez.

Anderson asintió y comenzó a retirarse, cuando Ender añadió:

—¿Y van a poner una nueva regla para que todas las escuadras luchen en las mismas condiciones?

Anderson se dio la vuelta.

—Si estás tú de por medio, Ender, difícilmente se puede considerar que las condiciones sean iguales para todos.

William Bee repasaba la acción paso a paso intentando averiguar cómo demonios había perdido cuando ninguno de sus soldados había sido paralizado y solo cuatro de los soldados de Ender podían moverse.

Aquella noche, cuando Ender entró en el comedor de comandantes fue recibido con aplausos y vivas. Su mesa estaba repleta de comandantes que presentaban sus respetos, muchos de ellos dos o tres años mayores que Ender. Él fue amable, pero mientras cenaba se preguntaba qué le harían los profesores en el próximo enfrentamiento. No tenía que preocuparse. Sus dos batallas siguientes fueron victorias fáciles y, después de ellas, ya no vio más la sala de batalla.

Eran las nueve y Ender se irritó un poco cuando oyó que alguien tocaba a su puerta. Su ejército estaba exhausto y les había ordenado que a las ocho y media estuvieran todos en la cama. Los últimos dos días habían tenido varias batallas y Ender esperaba lo peor para el día siguiente.

Era Bean. Entró tímidamente y lo saludó. Ender le devolvió el saludo y estalló:

—Bean, quería a todo el mundo en la cama.

Bean asintió pero no se fue. Ender iba a ordenarle que saliera, pero al mirarlo se dio cuenta, por primera vez en semanas, de lo joven que era. Había cumplido ocho años una semana antes y todavía era pequeño y... no, no era pequeño. Nadie era un crío. Bean había estado en batalla y con una escuadra entera dependiendo de él, lo había resuelto todo y había ganado. No podía considerarlo un niño pequeño. Se encogió de hombros.

Bean se acercó, se sentó en el borde de la cama y se quedó mirándose las manos. Ender se impacientó y le preguntó:

—Bueno, ¿qué pasa?

—Me han trasladado. He recibido las órdenes hace unos minutos.

Ender cerró los ojos durante un segundo.

—Sabía que se les ocurriría algo nuevo. Ahora se llevan a mis soldados. ¿Adónde irás?

—A la escuadra Conejo.

—¡Cómo pueden ponerte bajo el mando de un idiota como Carn Carby!

—Carn se ha graduado; escuadrón de apoyo.

Ender miró hacia arriba.

—Bueno, y ¿quién va a comandar a los Conejos ahora?

Bean se estrujó las manos sin poder contenerse.

—Yo —contestó.

Ender asintió y sonrió.

—Claro. A fin de cuentas, solo tienes cuatro años menos que la edad normal para ser comandante.

—No me hace gracia —le confesó Bean—. No sé qué está pasando aquí. Primero, todos los cambios en el juego y ahora esto. No me han trasladado a mí solo: Ren, Peder, Brian, Wings y Younger; todos comandantes.

Ender se levantó iracundo y caminó a zancadas hasta la pared.

—¡Todos los malditos jefes de patrulla que tenía! —dijo y se giró de cara a Bean—. Y si iban a desmontar mi escuadra, ¿por qué se han molestado en hacerme comandante?

Bean sacudió la cabeza.

—No lo sé. Eres el mejor. Nadie ha hecho lo que tú: diecinueve batallas en quince días y todas ganadas, pusieran las trampas que pusieran.

—Y ahora tú y los otros sois comandantes. Conoces todos mis trucos, yo te he entrenado, ¿y con quién se supone que debo reemplazarte? ¿Me van a dar seis novatos?

—¡Qué asco!, Ender, pero sabes que si te dan cinco enanos lisiados armados con rollos de papel higiénico, ganarás de todas maneras.

Se echaron a reír y entonces se dieron cuenta de que la puerta estaba abierta.

Entró el teniente Anderson seguido por el capitán Graff.

—Ender Wiggin —dijo Graff, poniéndose las manos sobre la barriga.

—Sí, señor —contestó Ender.

—Órdenes —le dijo Anderson, extendiéndole un trozo de papel.

Ender lo leyó deprisa y al acabar lo arrugó, sin dejar de mirar al lugar donde había estado el papel. Después de un momento, preguntó:

—¿Puedo contarle esto a mi escuadra?

—Se darán cuenta —respondió Graff—. Es mejor no hablar con ellos después de recibir las órdenes. Es más fácil.

—¿Para usted o para mí? —preguntó Ender. No esperó la respuesta. Se volvió rápidamente hacia Bean y le estrechó la mano un instante, al tiempo que se dirigía a la puerta.

—Espera —dijo Bean—. ¿Adónde vas? ¿Táctica o Escuela de Apoyo?

—Escuela de Mando —respondió Ender. Luego se fue y Anderson cerró la puerta.

«Escuela de Mando», pensó Bean. Nadie iba a la Escuela de Mando sin haber pasado tres años en la Escuela de Táctica, y a esta no iba nadie sin haber pasado, por lo menos, cinco años en al Escuela de Batalla. Ender solo había estado allí tres años.

El sistema estaba desintegrándose. No había duda, pensó Bean. O alguien de arriba estaba volviéndose loco o algo iba mal con la guerra; la guerra de verdad, para la que se entrenaban. ¿Por qué, si no, se cargarían el sistema de entrenamiento, promocionando a alguien, aunque fuera tan bueno como Ender, a la Escuela de Mando?

Bean se lo preguntó durante un buen rato. Finalmente se recostó en la cama de Ender y se dio cuenta de que era probable que no se vieran nunca más. Tenía ganas de llorar, pero no lloró, por supuesto. El adiestramiento en preescolar le había enseñado como controlar esas emociones. Se acordaba de cuando tenía tres años y su primer profesor se había enfadado al ver que le temblaban los labios y los ojos se le llenaban de lágrimas.

Bean hizo la rutina de relajación hasta que se le pasaron las ganas de llorar. Entonces se quedó dormido. Tenía la mano cerca de la boca, sobre la almohada, vacilante, como si no pudiera decidir si morderse las uñas o chuparse el dedo. La frente arrugada y el ceño fruncido. Su respiración era rápida y ligera. Era un soldado, y si alguien le preguntaba qué quería ser cuando fuera mayor, no hubiera entendido a qué se referían.

Había una guerra, decían, y esa era excusa suficiente para tener prisa. Lo decían como si fuera una contraseña y mostraban una pequeña tarjeta en cada taquilla, puesto aduanero o estación de guardia; así conseguían atravesar rápidamente cada control.

A Ender Wiggin lo trasladaron de un lugar a otro tan rápido que no tuvo tiempo de fijarse en nada, pero vio árboles por primera vez. Vio un hombre que no vestía uniforme. Vio una mujer. Vio animales extraños que no hablaban, pero que seguían dóciles a mujeres y a niños pequeños. Vio maletas y cintas transportadoras, pancartas con palabras que nunca había oído. Le hubiera preguntado a alguien lo que significaban aquellas palabras, sino hubiera estado rodeado por la voluntad y la autoridad encarnadas en cuatro altos oficiales, que no se hablaban ni le hablaban.

Ender Wiggin era un extraño para el mundo que tenía que salvar. No recordaba haber salido nunca de la Escuela de Batalla. Sus recuerdos más antiguos eran los juegos de guerra infantiles bajo la dirección de un maestro, las comidas con los otros niños con los uniformes grises y verdes de las fuerzas armadas de su mundo. No sabía que el gris representaba el cielo y el verde, el gran bosque de su planeta. Todo lo que sabía del mundo eran vagas referencias a «afuera», y antes de que pudiera darle sentido al extraño mundo que estaba viendo por primera vez, lo encerraron de nuevo dentro de la coraza militar, donde no hacía falta decir que había una guerra, ya que allí nadie lo olvidaba ni un solo instante de un solo día.

Lo metieron en una nave espacial y lo lanzaron a un gran satélite artificial que giraba alrededor del mundo. La estación espacial se llamaba Escuela de Mando y contenía al ansible. En su primer día allí le enseñaron lo que significaba el ansible para la guerra. Significaba que, a pesar de que hacía cien años que se habían lanzado las naves espaciales de las batallas que se libraban en aquel momento, sus comandantes estaban a la última y utilizaban el ansible para mandar mensajes a los ordenadores y a los pocos hombres que iban en cada nave. El ansible enviaba las palabras al mismo tiempo que se pronunciaban, las órdenes simultáneamente a su cumplimiento y los planes de batalla mientras se luchaba. La luz era un peatón.

Durante dos meses, Ender Wiggin no se encontró con nadie. Llegaban de manera anónima, le enseñaban lo que sabían y lo dejaban con otros profesores. No tenía tiempo de echar de menos a sus amigos de la Escuela de Batalla. Solo tenía tiempo de aprender cómo utilizar el simulador, con deslumbrantes estrategias bélicas como si estuviera en una nave espacial en el centro de una batalla; y cómo comandar naves simuladas, en batallas simuladas, manipulando las claves en el simulador y hablándole al ansible; y cómo reconocer instantáneamente cada nave enemiga y sus armas a partir del patrón que mostraba el simulador; y cómo transferir todo lo que había aprendido en las batallas de gravedad cero en la Escuela de Batalla a las batallas de naves espaciales en la Escuela de Mando. Pensaba que lo de antes iba en serio, pero ahora le metían prisa en todo. Se enfadaban y se preocupaban más allá de lo lógico, cada vez que se le olvidaba algo o cometía un error. Él trabajaba como siempre había trabajado y aprendía como siempre había aprendido. Al poco tiempo ya no cometía errores y usaba el simulador como si fuera parte de él mismo. Entonces dejaron de estar preocupados y le asignaron un profesor.

Cuando Ender se despertó, Mazer Rackham estaba sentado en el suelo con las piernas cruzadas y no dijo nada mientras el muchacho se levantaba, se duchaba y se vestía. Tampoco Ender se molestó en preguntarle nada. Había aprendido hacía tiempo que cuando sucedía algo inusual, a menudo encontraba más información y con mayor rapidez esperando que preguntando.

Mazer todavía no había pronunciado ni una palabra cuando Ender estuvo listo y se dirigió a la puerta para dejar la habitación. Pero la puerta no se podía
abrir. Se volvió y se puso frente al hombre que seguía
sentado en el suelo. Tenía al menos cuarenta años, lo
que lo hacía el hombre más viejo que Ender había visto de cerca. Llevaba barba de varios días, una mezcla
de cabellos negros y blancos, que le daba a su tez un
color casi tan gris como el de su corto cabello. La cara
se hundía un poco y los ojos estaban rodeados de arru-
gas y líneas de expresión. Miró a Ender sin interés.

Ender se volvió hacia la puerta e intentó abrirla de
nuevo.

—Muy bien —dijo, rindiéndose—. ¿Por qué está
cerrada la puerta?

Mazer siguió mirándolo con el rostro inexpresivo.
Ender se impacientó.

—Voy a llegar tarde. Si puedo llegar más tarde, me
gustaría saberlo para volver a la cama.

No hubo respuesta.

—¿Acaso jugamos a las adivinanzas? —preguntó
Ender.

Tampoco hubo respuesta. Ender pensó que quizás el
hombre intentaba que se enfadara, así que hizo un ejer-
cicio de relajación y, tan pronto como se calmó, se apoyó en la puerta. Mazer no le quitaba los ojos de encima.

Durante las dos horas siguientes estuvieron en silencio. Mazer miraba constantemente a Ender, que hacía como que no se daba cuenta de la presencia del vie-

jo, pero iba poniéndose nervioso y acabó caminando de una punta de la habitación a la otra con un patrón errático. Una de las veces que pasó junto a Mazer, este extendió la mano y le empujó la pierna izquierda contra la derecha justo cuando estaba dando un paso. Ender se cayó al suelo. Se puso de pie de inmediato, furioso. Mazer seguía tranquilamente sentado, con las piernas cruzadas, como si nunca se hubiera movido. Ender se preparó para pelear, pero la inmovilidad de aquel hombre hacía imposible atacarlo y se preguntó si había sido real o se había imaginado la mano del anciano haciéndolo tropezar.

Ender Wiggin siguió andando durante una hora. De vez en cuando se paraba e intentaba abrir la puerta. Finalmente, se dio por vencido, se quitó el uniforme y fue hacia la cama. Cuando se inclinaba para abrirla, sintió que le golpeaba los muslos con una mano y le agarraba del pelo con la otra. Al instante estaba boca abajo, con la rodilla del viejo apretándole la cara y los hombros contra el suelo, la espalda doblada y las piernas inmovilizadas por el brazo de Mazer. No podía darse impulso con los brazos ni con la espalda para soltarse las piernas. En menos de dos segundos, el viejo lo había derrotado por completo.

—Está bien —jadeó Ender—. Usted gana.

La rodilla de Mazer presionó dolorosamente hacia abajo.

—¿Desde cuándo tienes que decirle al enemigo que ha ganado? —preguntó Mazer con voz ronca y suave.

Ender se quedó en silencio.

—¿Por qué no me has destruido cuando te he sorprendido la primera vez, Ender Wiggin? ¿Solo porque parezco pacífico? Me has dado la espalda, ¡estúpido! No has aprendido nada. Nunca has tenido un maestro.

Ender estaba enfadado.

—He tenido muchos malditos profesores. ¿Cómo iba a saber que usted resultaría ser un...? —Ender se quedó buscando la palabra. Mazer se la proporcionó.

—Un enemigo, Ender Wiggin —le susurró—. Soy tu enemigo, el primero que has tenido más inteligente que tú. No hay mejor maestro que el enemigo, Ender Wiggin. Nadie excepto el enemigo te dirá lo que el enemigo va a hacer. Nadie excepto el enemigo te enseñará cómo destruir y conquistar. Soy tu enemigo desde ahora. Desde ahora soy tu maestro.

Mazer dejó que las piernas de Ender cayeran al suelo. Como todavía le apretaba la cabeza contra el suelo, el muchacho no podía usar los brazos para compensar el peso, y las piernas golpearon la superficie plástica con un fuerte crujido y un dolor horrible que le provocó una mueca de dolor. Luego Mazer se puso de pie y dejó que se levantara. Ender encogió las piernas despacio, con un débil gemido de dolor, y se arrodilló un instante para recuperarse. Luego movió el brazo derecho con rapidez. Mazer retrocedió y la mano de Ender se cerró en el aire al mismo tiempo que el pie de su maestro se dirigía hacia delante, como para darle en el mentón;

pero la barbilla de Ender ya no estaba allí. Estaba tumbado boca arriba y girando sobre sí mismo, y cuando Mazer perdió el equilibrio, los pies de Ender le golpearon la otra pierna. El viejo cayó hecho un ovillo. Pero el ovillo parecía un nido de avispas. Ender no podía encontrar ni un brazo ni una pierna lo bastante largos como para atraparlos y mientras tanto le iban cayendo golpes en la espalda y en los brazos. Era más pequeño que el hombre y por eso no podía alcanzar sus extremidades ondulantes. Entonces saltó fuera de su alcance y se quedó de pie cerca de la puerta.

El hombre dejó de revolcarse y se sentó, de nuevo con las piernas cruzadas, riendo.

—Mejor esta vez, chico, pero lento. Con una flota tienes que ser mejor de lo que eres con tu cuerpo o nadie estará a salvo contigo al mando. ¿Lección aprendida?

Ender asintió despacio. Mazer sonrió.

—Bien. Entonces no volveremos a tener una batalla como esta; a partir de ahora serán con el simulador. Programaré tus batallas, diseñaré la estrategia de tu enemigo, y aprenderás a ser rápido y a descubrir qué trucos te reserva. Recuerda, muchacho: de ahora en adelante, el enemigo es más listo que tú. De ahora en adelante, es más fuerte que tú. De ahora en adelante, tú siempre estás a punto de perder. —El rostro de Mazer se puso serio otra vez—. Estarás a punto de perder, Ender, pero ganarás. Aprenderás a derrotar al enemigo. Él te enseñará cómo.

Se levantó y anduvo hacia la puerta. Ender se apartó de su camino. En cuanto el hombre tocó el pomo, Ender saltó en el aire y le dio una patada en la parte baja de la espalda con los dos pies. Golpeó lo bastante fuerte como para rebotar sobre sus pies mientras Mazer gritaba y se desplomaba. Se levantó despacio, aferrándose al pomo de la puerta, con el gesto retorcido de dolor. Parecía imposibilitado, pero Ender no se fiaba de él y esperó con cautela; y, sin embargo, a pesar de sus sospechas la velocidad de Mazer lo sorprendió con la guardia baja. En un momento se encontraba en el suelo cerca de la pared opuesta, con la nariz y el labio sangrando tras golpearse el rostro con la cama. Fue capaz de girar lo suficiente como para ver a Mazer abrir la puerta e irse. Cojeaba y caminaba lentamente.

Ender sonrió a pesar del dolor, luego rodó sobre la espalda y se rio hasta que se le llenó la boca de sangre y empezó a tener arcadas. Se levantó y, con dificultad, se dirigió hacia la cama. Se acostó y, al cabo de pocos minutos, llegó un médico y le curó las heridas.

A medida que los fármacos fueron surtiendo efecto, Ender iba quedándose dormido y recordando la manera en que Mazer había salido cojeando de la habitación; y se echaba a reír otra vez. Se reía en voz baja, mientras se le quedaba la mente en blanco y el médico lo cubría con la manta y apagaba la luz. Durmió hasta que, por la mañana, el dolor lo despertó. Soñó con derrotar a Mazer.

Al día siguiente, Ender se dirigió a la sala del simulador con la nariz vendada y el labio todavía hinchado. Mazer no estaba allí. En su lugar, un capitán, con el que había trabajado antes, le mostró un accesorio que había fabricado y le señaló un tubo con un lazo en la punta.

—Radio. Primitivo, lo sé. Lo paso por encima de la oreja y el otro extremo va a la boca: así.

—¡Cuidado! —exclamó Ender, cuando el capitán empujó el extremo del tubo en su labio hinchado.

—Lo siento. Ahora habla.

—Vale. ¿A quién?

El capitán sonrió.

—Pregunta y verás.

Ender se encogió de hombros y miró al simulador. Al emitir un sonido reverberó dentro de su cabeza. Le resultaba demasiado ruidoso para que se entendiera algo y se quitó la radio de la oreja.

—¿Intenta dejarme sordo o qué?

El capitán negó con la cabeza y giró el sintonizador de una caja pequeña que había en una mesa cercana. Ender se colocó la radio de nuevo.

—Comandante —dijo la radio con una voz familiar.

—Sí —contestó Ender.

—¿Instrucciones, señor?

La voz era familiar.

—¿Bean? —preguntó Ender.

—Sí, señor.

—Bean, habla Ender.

Silencio. Y luego una carcajada estalló del otro lado.

Se rieron seis o siete voces más y Ender esperó que volviera el silencio. Entonces preguntó:

—¿Quién más?

Se oyeron un par de voces al mismo tiempo, pero Bean las ahogó.

—Aparte de mí, Peder, Wings, Younger, Lee y Vlad.

Ender pensó un segundo. Luego preguntó qué diablos estaba pasando. Ellos se rieron nuevamente.

—No pueden romper el grupo —respondió Bean—. Hemos estado de comandantes durante unas dos semanas y aquí andamos, en la Escuela de Mando, entrenando con el simulador. De repente nos dijeron que íbamos a formar una flota con un nuevo comandante; y eres tú.

Ender sonrió.

—Muchachos, ¿así de buenos sois?

—Si no lo somos, ya nos lo harás saber.

Ender soltó una risita.

—Podría funcionar: una flota.

Durante los diez días siguientes, Ender entrenó a sus jefes de patrulla hasta que pudieron maniobrar las naves como bailarines precisos. Era como estar otra vez en la sala de batalla, salvo que Ender podía ver siempre todo, hablar con sus jefes de patrulla y cambiar las órdenes en cualquier momento. Un día, mientras se sentaba frente al panel de control y encendía el simulador, en el espacio aparecieron unas penetrantes luces verdes: el enemigo.

—Ya está aquí —dijo Ender—. X, Y, en bala; C, D, pantalla de reserva; E, curva al sur; Bean, ángulo norte.

El enemigo estaba agrupado en una esfera y eran dos por cada uno de ellos. La mitad de las fuerzas de Ender estaba reunida en una formación apretada, tipo bala, con el resto en una pantalla circular plana, excepto una pequeña fuerza al mando de Bean, que se alejó del simulador, dirigiéndose detrás de la formación del enemigo. Ender descubrió rápidamente la estrategia de los adversarios: cuando la formación tipo bala se acercara la dejarían pasar, con la esperanza de atraer a Ender hacia dentro de la esfera, donde estaría rodeado. Entonces hizo como que caía en la trampa y llevó su bala al centro de la esfera.

El enemigo comenzó a concentrarse, muy despacio, para no quedar expuesto hasta que todas sus armas pudieran ofrecer resistencia al mismo tiempo. Entonces Ender empezó a trabajar de verdad. Su pantalla de reserva se aproximó a la parte exterior de la esfera y el enemigo empezó a concentrar las fuerzas en ese lugar. Luego, las fuerzas de Bean aparecieron por el lado opuesto y el enemigo también desplegó las naves allí. Todo esto hizo que gran parte de la esfera quedara sin apenas defensa. La bala de Ender atacó y, como en el punto de ataque la cantidad de sus efectivos era abrumadoramente superior a la del enemigo, abrió un agujero en la formación. El enemigo reaccionó tratando de tapar el hueco, pero, en la confusión, la fuerza revertida y la pequeña fuerza de Bean atacaron a la vez; entonces la bala se trasladó a otra parte de la esfera. En pocos minutos más, la formación estaba destruida; la mayoría de las naves enemigas, exterminadas, y los pocos sobrevivientes se alejaban lo más rápido que podían.

Ender apagó el simulador. Todas las luces desaparecieron. Mazer estaba de pie a su lado, con las manos en los bolsillos y el cuerpo tenso. Ender lo miró y dijo:

—Me había dicho que el enemigo sería inteligente.

El rostro de Mazer seguía siendo inexpresivo.

—¿Qué has aprendido?

—Que una esfera solo funciona si tu enemigo es tonto. Tenían las fuerzas tan dispersadas que nosotros los superábamos en número cada vez que atacábamos.

—¿Y?

—No puedes mantenerte fiel a un patrón porque te haces muy previsible.

—¿Eso es todo? —preguntó Mazer en voz baja.

Ender se quitó la radio.

—El enemigo habría podido derrotarme si hubiese roto la esfera antes.

Mazer asintió.

—Tenías una ventaja injusta.

Ender lo miró fríamente.

—Eran dos de los suyos por cada uno de los míos.

Mazer negó con la cabeza.

—Tú tenías el ansible. El enemigo, no. Incorporamos ese factor en los simulacros de batallas. Los mensajes viajan a la velocidad de la luz.

Ender miró hacia el simulador.

—¿Había bastante distancia para que eso fuera importante?

—¿No lo sabes? —preguntó Mazer—. Ninguna de las naves estaba a menos de treinta mil kilómetros de la más próxima.

Ender intentó averiguar el tamaño de la esfera del enemigo. No sabía de astronomía, pero se le había despertado la curiosidad.

—¿Qué clase de armas hay en esas naves, que pueden golpear tan rápido?

Mazer meneó la cabeza.

—La ciencia no está a tu alcance. Tienes que estudiar muchos años más de los que has vivido para entender incluso lo básico. Todo lo que necesitas saber ahora es que las armas funcionan.

—¿Por qué tenemos que acercarnos tanto para tenerlos a tiro?

—Las naves están protegidas por campos de fuerza. A cierta distancia las armas son más débiles y no pueden pasar. De cerca las armas son más fuertes que los escudos. No obstante, los ordenadores se encargan de todo eso. Están disparando constantemente en cualquier dirección que no haga daño a una de nuestras naves; eligen objetivos y apuntan: hacen todo el trabajo de precisión. Solo tienes que decirles cuándo y ponerlos en posición para ganar, ¿vale?

—No. —Ender retorcía el tubo de la radio entre los dedos—. Tengo que saber cómo funcionan las armas.

—Ya te lo he dicho, te llevaría...

—No puedo comandar una flota, ni siquiera en un simulador, a menos que lo sepa. —Ender esperó un momento y le propuso—: Solo una idea aproximada.

Mazer se levantó y se alejó unos pocos pasos.

—De acuerdo, Ender. No tiene sentido, pero intentaré explicártelo lo más simple que pueda —dijo Mazer, metiéndose las manos en los bolsillos—. Verás, todo está hecho de átomos, pequeñas partículas tan diminutas que no se perciben a simple vista. No hay muchos tipos de átomos y todos se componen de partículas aún más pequeñas, que son más o menos lo mismo. Los átomos pueden romperse, y entonces dejan de ser átomos, de modo que en este metal ya se mantienen como tal; lo mismo le pasa al suelo de plástico o a tu cuerpo; incluso al aire. Si se rompen los átomos, las cosas desaparecen, solo quedan las partículas, que vuelan y rompen más átomos. Las armas de las naves establecen un área en la que los átomos de cualquier cosa no pueden mantenerse unidos, todos se rompen. Así que las cosas en esa área... desaparecen.

Ender asintió.

—Tiene razón, no lo entiendo. ¿Se puede bloquear?

—No. Pero cuanto más te alejes de la nave, más ancha y débil es, de modo que al cabo de un rato el efecto quedará bloqueado por un campo de fuerza. ¿Me sigues? Para hacerlo más fuerte, hay que apuntar bien, de forma que una nave solo dispare en tres o cuatro direcciones a la vez.

Ender asintió de nuevo, aunque no acababa de entenderlo bien.

—Si las partículas de los átomos rotos van desintegrando más átomos, ¿por qué no acaba desapareciendo todo?

—Espacio. Esos miles de kilómetros entre las naves, están vacíos. Casi no hay átomos. Las partículas no encuentran nada en su camino, y cuando finalmente chocan contra algo, están tan dispersas que no pueden hacer ningún daño. —Mazer inclinó la cabeza burlonamente—. ¿Hay algo más que quieras saber?

—Las armas de las naves... ¿funcionan contra otra cosa que no sean naves?

Mazer se aproximó a Ender y le contestó con firmeza:

—Solo las usamos contra las naves. Nunca contra otras cosas. Si las usamos contra algo más, el enemigo las usará contra nosotros. ¿Queda claro?

Mazer se alejó. Cuando estaba saliendo, Ender lo llamó con voz tranquila:

—Todavía no sé su nombre.

—Mazer Rackham.

—Mazer Rackham, lo he vencido.

Mazer se rio.

—Ender, hoy no has luchado conmigo. Hoy has luchado contra el ordenador más estúpido de la Escuela de Mando, configurado mediante un programa de hace unos diez años. No creerás que yo no usaría una esfera, ¿verdad? —Sacudió la cabeza—. Cuando batalles contra mí, lo sabrás. Porque perderás.

Mazer salió de la habitación.

Ender siguió entrenándose diez horas todos los días con sus jefes de patrulla. Nunca los veía, pero oía sus voces en la radio. Tenía una batalla cada dos o tres días.

El enemigo siempre tenía algo nuevo y más complicado, pero Ender le hacía frente. Y ganó cada vez. Después de las batallas, Mazer le señalaba los errores y le hacía ver que, en realidad, había perdido y que le dejaba acabar solo para enseñarle a controlar el final del juego.

Hasta que, por fin, un día Mazer llegó, le estrechó la mano solemnemente y le dijo:

—Esta ha sido una buena batalla, muchacho.

Con lo que había tardado en llegar el elogio, a Ender le gustó más que cualquier alabanza que le hubieran hecho; pero como era tan condescendiente, lo ofendió.

—A partir de ahora —dijo Mazer—, podemos darte las difíciles.

Desde entonces la vida de Ender fue un lento ataque de nervios. Empezó a librar dos batallas cada día, con problemas que se iban volviendo más y más complejos. Toda su vida había sido un entrenamiento en el juego, pero ahora el juego comenzaba a consumirlo.

Se levantaba por la mañana con nuevas estrategias para el simulador y se iba a dormir por la noche carcomido por los errores cometidos durante el día. A veces se sorprendía en medio de la noche gritando por algo que no recordaba; llegó a despertarse con los nudillos ensangrentados de habérselos mordido.

Pero iba impasible todos los días al simulador y entrenaba a sus jefes de patrulla hasta la batalla; y después soportaba y estudiaba las duras críticas que le hacía Rackham. Notó que, con cierta perversidad, lo criticaba más después de las batallas más duras. Además, observó que, cada vez que pensaba en una nueva estrategia, el enemigo la ponía en práctica al cabo de unos días. Y también se dio cuenta de que mientras que su flota seguía siendo del mismo tamaño, los efectivos del enemigo aumentaban sin parar. Le preguntó la razón a su maestro, que le contestó:

—Estamos mostrándote cómo será la dimensión del enemigo con relación a la nuestra cuando dirijas tu flota en una batalla real.

—¿Por qué el enemigo siempre nos supera en número?

Mazer inclinó la canosa cabeza un momento, como si estuviera decidiendo si contestar. Alzó la vista, extendió la mano y la puso sobre el hombro de Ender.

—Te lo diré, a pesar de que la información es secreta. Verás, el enemigo nos atacó primero. Tenía una buena razón para hacerlo, pero eso es un asunto para los políticos y tanto si la culpa fue nuestra como si fue suya, no podíamos dejarlo ganar. Así que cuando el enemigo vino a nuestro mundo, luchamos con dureza y usamos a los mejores de nuestros jóvenes hombres en las flotas. Ganamos y el enemigo se retiró —Mazer sonrió tristemente—; pero no había terminado, chico. El enemigo nunca iba a terminar. Vinieron de nuevo, eran más y vencerlos fue más difícil, y tuvimos que emplear otra generación de jóvenes. Solo unos pocos sobrevivieron. Así que se nos ocurrió un plan... al gran hombre se le ocurrió el plan. Sabíamos que teníamos que destruir al enemigo de una vez por todas, de manera absoluta y neutralizar su capacidad de plantarnos batalla. Para ello teníamos que ir a su mundo, aquel del que proviene, ya que su imperio depende de ese mundo central suyo.

—¿Y entonces? —preguntó Ender.

—Y entonces organizamos una flota. Construimos más naves que las que tenía el enemigo, cientos de ellas por cada una de las que habían mandado contra nosotros, y las lanzamos contra sus veintiocho mundos. Empezaron a salir hace cien años. Llevaban el ansible y solo unos pocos hombres. La idea era que algún día un comandante podría sentarse en algún planeta alejado del lugar de la batalla y comandar la flota. De ese modo, nuestras mejores mentes no serían destruidas por el enemigo.

Todavía no había contestado la pregunta de Ender.

—¿Por qué nos superan en número?

Mazer se rio.

—Porque nuestras naves tardaron unos cientos de años en llegar allí. Han tenido siglos durante los que prepararse para nuestra llegada. Serían tontos si hubieran esperado en remolcadores antiguos para defender los puertos, ¿no? Tienen naves nuevas, grandes naves, cientos de ellas. Todo lo que tenemos nosotros es el ansible; eso y el hecho de que tienen que poner un comandante con cada flota, de manera que cada vez que pierdan, y perderán, se quedarán sin una de sus mejores mentes.

Ender empezó a hacer otra pregunta.

—Ya vale, Ender Wiggin. Te he dicho más de lo que deberías saber.

Ender se levantó enfadado y apartó la vista.

—Tengo derecho a saber. ¿Usted cree que esto puede seguir así para siempre? ¿Que pueden empujarme de una escuela a otra sin decirme nunca para qué sirve mi vida? Me usa a mí y a los otros como herramientas. Un día comandaré sus naves, algún día tal vez salvemos sus vidas, pero no soy un ordenador ¡y necesito saber!

—Hazme una pregunta entonces, muchacho —concedió Mazer—, y si puedo responder, lo haré.

—Si usan a sus mejores mentes para comandar las flotas y ustedes nunca pierden ninguna, entonces ¿para qué me necesitan? ¿A quién estoy reemplazando si todavía están todas allí?

Mazer sacudió la cabeza.

—No puedo responderte a eso, Ender. Conténtate con saber que te necesitaremos, y pronto. Es tarde, vete a la cama. Tienes una batalla por la mañana.

Ender se fue de la sala del simulador, pero cuando Mazer salió por la misma puerta, un momento después, estaba esperando en el pasillo.

—Venga, chaval —dijo Mazer impaciente—. ¿Qué pasa ahora? No tengo toda la noche y tú necesitas dormir.

Ender no estaba seguro de cuál era su pregunta, pero Mazer esperó. Por fin dijo:

—¿Viven?

—¿Quiénes?

—Los otros comandantes. Los de ahora. Y los anteriores a mí.

Mazer resopló.

—Vivir. Por supuesto que viven. ¡Vaya pregunta!

El hombre se alejó por el pasillo, aún riéndose entre dientes. Ender se quedó en el corredor un poco más, pero el cansancio lo llevó a la cama. «Viven —pensó—. Ellos viven, pero no puede decirme lo que les pasa.»

Aquella noche Ender no se despertó llorando; pero sí con sangre en las manos.

Los meses pasaban, con batallas todos los días, hasta que al final Ender se adaptó a la rutina de destruirse a sí mismo. Cada noche dormía menos y soñaba más, y empezó a tener terribles dolores de estómago. Le pusieron una dieta blanda, pero al cabo de poco tiempo no tenía apetito ni siquiera para eso.

—Come —decía Mazer y Ender se llevaba la comida a la boca mecánicamente. Pero si nadie le decía que comiera, dejaba de hacerlo.

Un día que estaba entrenando a sus jefes de patrulla, la sala se volvió negra y despertó en el suelo, con el rostro lleno de sangre allí donde se había golpeado con los controles.

Lo metieron en la cama y durante tres días estuvo muy enfermo. Recordaba ver rostros en sueños, pero no eran rostros reales y él lo sabía, a pesar de que estaba convencido de haberlos visto. En algún momento creyó ver a Bean y en otros, al teniente Anderson y al capitán Graff. Cuando se despertó solo estaba su enemigo: Mazer Rackham.

—Estoy despierto —le anunció.

—Eso veo —respondió Mazer—. Te ha costado bastante. Tienes una batalla hoy.

Ender se levantó, luchó en la batalla y ganó. No hubo segunda batalla aquel día y lo dejaron ir a la cama temprano. La temblaban las manos al desvestirse.

Durante la noche creyó sentir manos que lo tocaban con suavidad y soñó que había voces que le decían:

—¿Cuánto tiempo podrá aguantar?

—Lo suficiente.

—¿Tan pronto?

—En un par de días se acabó.

—¿Cómo lo hará?

—Bien. Incluso hoy, ha estado mejor que nunca.

Ender reconoció en la última voz la de Mazer Rackham. Le molestaba que se metiera hasta en sus sueños. Se despertó, libró otra batalla y ganó. Luego se fue a dormir. Despertó y ganó otra vez. Y el siguiente día, a pesar de que él no lo sabía, fue su último día en la Escuela de Mando. Se levantó y fue al simulador para la batalla.

Mazer estaba esperándolo. Ender entró lentamente en la sala de simulación. Arrastraba un poco los pies; parecía cansado y aburrido. Mazer frunció el ceño.

—¿Estás despierto, muchacho?

Si Ender hubiera estado más alerta, le habría importado más el tono de preocupación en la voz de su maestro, pero se limitó a ir a los controles y sentarse. Mazer le habló.

—La partida de hoy necesita una pequeña explicación, Ender Wiggin. Por favor date la vuelta y pon toda tu atención.

Ender se dio media vuelta y vio que había gente al fondo de la habitación, por primera vez. Reconoció a Graff y a Anderson, de la Escuela de Batalla, y recordaba vagamente a algunos de los hombres de la Escuela de Mando que había tenido de maestros durante unas horas en un momento u otro, pero no conocía a la mayoría de las personas.

—¿Quiénes son?

Mazer sacudió la cabeza y contestó.

—Observadores. De vez en cuando dejamos que los observadores entren para ver la batalla. Si no quieres que estén, los echaremos.

Ender se encogió de hombros. Mazer empezó su explicación.

—El juego de hoy tiene un elemento nuevo. Esta batalla se desarrollará alrededor de un planeta, lo cual complica las cosas de dos maneras. El planeta no es grande para la escala que estamos usando, pero el ansible no puede detectar nada que esté al otro lado; así que hay un punto ciego. Además, las reglas prohíben usar armas contra el planeta. ¿Está claro?

—¿Por qué? ¿No funcionan las armas contra los planetas?

Mazer contestó fríamente:

—Hay reglas en la guerra, Ender, y rigen incluso en los juegos de entrenamiento.

Ender sacudió la cabeza despacio y preguntó:

—¿El planeta puede atacar?

Durante un segundo, Mazer pareció desconcertado; luego sonrió.

—Creo que eso lo averiguarás tú, muchacho. Y una cosa más. Hoy, Ender, tu oponente no es el ordenador. Hoy yo soy el enemigo y no voy ponértelo tan fácil. Hoy la batalla es hasta el final. Voy a usar cualquier medio que pueda para derrotarte.

Mazer se fue y Ender, inexpresivo, guio a sus jefes de patrulla en las maniobras. Ender estaba haciéndolo bien, por supuesto, pero algunos de los observadores movían la cabeza y Graff continuaba cruzando y descruzando las manos, cruzando y descruzando las piernas. Ender estaba lento y no podía permitirse el lujo de ser lento.

Sonó un timbre de advertencia y Ender despejó el tablero del simulador esperando que apareciera el juego. Estaba confuso y se preguntaba por qué había gente mirando. ¿Iban a juzgarlo? ¿Decidirían si era lo suficientemente bueno para algo más? ¿Otros dos años de entrenamiento agotador, otros dos años de lucha para superar su mejor nivel? Tenía doce años y se sentía muy viejo. Mientras esperaba que el juego apareciera, solo deseaba poder perder, ser torpe y perder la batalla, del todo, para que lo echaran del programa y lo castigaran tanto como quisieran, no le importaba; solo quería dormir.

Apareció la formación enemiga y el cansancio de Ender se convirtió en desesperación. Eran mil a uno. El simulador verde brillaba con ellos y Ender sabía que no podía ganar.

Además, no era un enemigo imbécil. No había formación que Ender pudiera estudiar y atacar. Por el contrario, los vastos enjambres de naves se movían sin cesar, en constante cambio de una formación a otra, de modo que aquel espacio que en un momento estaba vacío se llenaba de inmediato con una fuerza enemiga formidable. A pesar de que la flota de Ender era la más grande que había tenido, no había ningún lugar donde pudiera desplegarla para superar en número al enemigo el tiempo suficiente para conseguir hacer algo.

Detrás del enemigo estaba el planeta sobre el que Mazer le había advertido. ¿Qué más daba un planeta, si no iba a poder ni acercársele? Ender esperó. Esperó una chispa de intuición que le dijera qué hacer, cómo destruir al enemigo. Y mientras esperaba, oía a los observadores moviéndose en sus asientos, detrás de él, preguntándose qué iba a hacer Ender, qué plan seguiría. Al final estaba claro para todos que no sabía qué hacer, que no había nada que hacer, y unos pocos al fondo de la sala carraspearon suavemente. Acto seguido Ender oyó en su oído la voz de Bean, que soltó una risita y dijo: «Recuerden, la puerta del enemigo es abajo.» Algunos jefes de patrulla se rieron y Ender pensó en los sencillos juegos de la Escuela de Batalla en los que siempre ganaban. Le habían hecho combatir en partidas desesperadas. Y había ganado. Estaría acabado si dejaba que Mazer Rackham lo venciera con un truco barato, como el de tener mil efectivos por cada uno de los suyos. Había ganado un juego en la Escuela de Batalla haciendo algo que el enemigo no esperaba que hiciera, algo que iba en contra de las reglas: había ganado por ir contra la entrada enemiga. Y la entrada enemiga estaba abajo.

Sonrió al darse cuenta de que si violaba aquella regla seguramente lo echarían de la escuela. Así ganaba seguro porque no tendría que jugar el juego otra vez. Susurró algo al micrófono. Cada uno de sus seis comandantes se hizo cargo de una parte de la flota y se lanzaron contra el enemigo. Seguían un curso errático, en una dirección y luego en otra. El enemigo detuvo de inmediato sus maniobras y comenzó a agruparse en torno a las seis flotas de Ender.

Se quitó el micrófono, se recostó en la silla y miró. Ahora, los observadores murmuraban en voz más alta. Ender no estaba haciendo nada... había salido del juego. Pero parecía que había un patrón en los choques rápidos con el enemigo. En cada uno los seis grupos de Ender perdían naves..., pero no se detenían nunca a luchar, ni siquiera cuando, en cierto momento, podrían haber alcanzado una pequeña victoria táctica. En lugar de eso, seguían con aquel rumbo errático que los llevó, finalmente, hacia abajo: hacia el planeta enemigo. Justo por lo azaroso del movimiento, el enemigo no se dio cuenta hasta el preciso instante en que los observadores lo vieron también. Para entonces era demasiado tarde, de la misma forma que William Bee llegó tarde a detener a los soldados de Ender para que no activaran la compuerta.

Alcanzaron y destruyeron más naves de Ender, por lo que, de las seis patrullas, solo dos pudieron llegar al planeta, y estaban diezmadas. Aquellos pequeños grupos que lo lograron abrieron fuego contra el planeta. Ender se inclinó hacia delante, ansioso por ver si su hipótesis era correcta. Casi esperaba que sonara un timbre y que el juego se detuviera, porque se había saltado las reglas, pero apostaba por la exactitud del simulador: si podía simular un planeta, podía simular lo que le sucedería al planeta cuando lo atacaran.

Y así fue. Al principio, las armas que hacían estallar las naves pequeñas no hicieron estallar el planeta entero; pero sí causaron explosiones terribles y allí no había espacio para que se disipara la energía de una reacción en cadena. Por el contrario, la reacción encontró más y más combustible con que alimentarse. La superficie del planeta parecía moverse atrás y adelante, y de repente se produjo una inmensa explosión que lanzó una luz parpadeante en todas direcciones. Se tragó a toda la flota de Ender y luego alcanzó a las naves enemigas. La primera de ellas se desvaneció en la explosión. Luego, cuando se propagó y fue perdiendo brillo, resultó claro lo que había pasado con las naves. A medida que la luz las alcanzaba brillaban intensamente un segundo y desaparecían. Fueron combustible para el fuego del planeta.

La explosión tardó más de tres minutos en alcanzar los límites del simulador; cuando llegó ya era mucho más débil. Todas las naves se habían fundido y si alguna había logrado escapar antes de que la explosión la alcanzara no serían muchas y no valía la pena preocuparse por ellas. Donde había estado el planeta ya no había nada. El simulador estaba vacío. Ender había destruido al enemigo a base de sacrificar su flota entera y violando la prohibición de destruir el planeta enemigo. No estaba seguro de si sentirse eufórico por su victoria o temer la reprimenda que seguro que le caería; así que no sintió nada. Estaba cansado. Quería irse a la cama y dormir.

Apagó el simulador y entonces oyó el sonido detrás de él.

Ya no se veían dos perfectas filas de observadores militares. En su lugar había caos. Algunos de ellos se palmeaban la espalda, otros se inclinaban, con la cabeza entre las manos, otros lloraban a moco tendido. El capitán Graff se separó del grupo y se acercó a Ender.

Las lágrimas le corrían por el rostro, pero estaba sonriendo. Extendió los brazos y, para sorpresa de Ender, lo abrazó con fuerza y le susurró:

—Gracias, gracias, gracias, Ender.

Enseguida todos los observadores estaban rodeando al niño, desconcertado, al que le daban las gracias, lo aplaudían, le daban palmadas en el hombro y le estrechaban la mano. Ender intentaba entender lo que decían. Al final, ¿había pasado la prueba? ¿Por qué les importaba tanto?

A continuación, la multitud se apartó y Mazer Rackham se abrió paso. Se dirigió directamente hacia Ender y le tendió la mano.

—Has tomado una decisión difícil, muchacho. Pero lo cierto es que no había otra forma de hacerlo. Felicidades. Los has vencido y todo ha terminado.

Todo ha terminado. Vencido.

—Te he vencido a ti, Mazer Rackham.

Mazer se rio con una carcajada que llenó la sala.

—Ender Wiggin, nunca has luchado contra mí. Desde que empecé a ser tu maestro, nunca ha sido en un juego.

Ender no entendía la broma. Había participado en muchos juegos, con un desgaste terrible para sí mismo. Comenzaba a enfadarse. Mazer estiró el brazo y le tocó el hombro. Ender le quitó la mano. Mazer se puso serio y dijo:

—Ender Wiggin, estos últimos meses has sido el comandante de nuestras flotas. No han sido juegos. Las batallas eran reales. Tu único enemigo era el enemigo. Has ganado todas las batallas. Y por fin hoy te has enfrentado a ellos en su propio planeta y has destruido su mundo, su flota; los has destruido completamente y nunca volverán contra nosotros. Lo has hecho. Tú.

Real. No era un juego. La mente de Ender estaba demasiado cansada como para encajar todo aquello. Se alejó de Mazer, caminó en silencio a través de la multitud, que seguía susurrándole agradecimientos y felicitaciones al muchacho, y salió de la sala del simulador. Por fin llegó a su habitación y cerró la puerta.

Estaba dormido cuando fueron Graff y Mazer Rackham. Llegaron en silencio y lo despertaron. Abrió los ojos y al reconocerlos se dio media vuelta para volver a dormir.

—Ender —le dijo Graff—. Tenemos que hablar contigo.

Ender se giró de cara a ellos. No dijo nada. Graff sonrió.

—Se que ha sido un *shock* para ti, lo sé. Pero tienes que estar contento por haber ganado la guerra.

Ender asintió lentamente.

—Mazer Rackham nunca ha jugado contra ti. Solo analizaba las batallas para encontrar tus puntos débiles, para ayudarte a mejorar. Ha funcionado, ¿no es así?

Ender cerró los ojos con fuerza. Esperaron.

—¿Por qué no me lo dijeron? —preguntó.

Mazer sonrió.

—Ender, hace cien años descubrimos algunas cosas, como que un comandante cuya vida corre peligro se asusta y el miedo hace que sea lento pensando. Cuando un comandante sabe que está matando gente, se vuelve prudente o loco, y ninguna de las dos cosas ayuda a obtener buenos resultados. Y cuando es maduro, cuando tiene responsabilidades y comprende mejor el mundo, se vuelve prudente y lento, y no puede hacer su trabajo. Así que empezamos a entrenar niños, que no sabían nada salvo jugar, y desconocían cuándo el juego llegaría a ser real. Esa era la teoría. Tú has demostrado que la teoría funciona.

Graff se estiró y tocó el hombro de Ender.

—Lanzamos las naves de modo que todas llegaran a su destino al cabo de unos pocos meses. Sabíamos que lo más seguro era que solo tuviéramos un buen comandante, y eso con suerte. En la historia ha sido poco común que hubiera más de un genio en una guerra. Así que planeamos tener un genio. Estábamos apostando. Llegaste tú y ganamos.

Ender abrió los ojos otra vez y ellos se dieron cuenta de que estaba enfadado.

—Sí, han ganado.

Graff y Mazer Rackham se miraron mutuamente.

—Él no lo entiende —susurró Graff.

—Sí lo entiendo —le replicó Ender—. Necesitaban un arma y la consiguieron, era yo.

—Correcto —contestó Mazer.

—¡Ah, muy bien! —continuó Ender—. ¿Y cuántas personas vivían en ese planeta que he destruido?

No respondieron. Esperaron un rato en silencio. Luego habló Graff:

—Las armas no necesitan entender a qué apuntan, Ender. Nosotros apuntamos, así que somos los responsables. Tú solo has hecho el trabajo que tenías que hacer.

Mazer sonrió.

—Por supuesto, Ender, te cuidaremos. El Gobierno nunca te olvidará. Nos has servido a todos muy bien.

Ender se giró y miró a la pared. Intentaron hablar con él, pero no les contestó. Al final se fueron. Ender se quedó tumbado en la cama bastante rato hasta que alguien fue a perturbarlo. La puerta se abrió suavemente, pero él no se volvió para ver quién era. Una mano lo tocó con delicadeza.

—Ender, soy yo, Bean.

Ender se dio media vuelta y miró al niño que estaba de pie al lado de la cama.

—Siéntate —le pidió Ender.

Bean se sentó.

—Esa última batalla, Ender. No sabía cómo ibas a sacarnos de aquello.

Ender sonrió y dijo:

—No lo sabía. He hecho trampa. Pensaba que me echarían.

—¡No puedo creerlo! Hemos ganado la guerra. La

guerra entera ha terminado. Pensamos que tendríamos que esperar hasta que creciéramos para luchar en ella y resulta que estábamos librándola todo este tiempo. Lo que quiero decir, Ender, es que somos niños. Soy un niño pequeño, de todas formas.

Bean se rio y Ender esbozó una sonrisa. Luego se quedaron en silencio durante un rato; Bean sentado al borde de la cama, Ender mirándolo con los ojos entrecerrados. Bean pensó algo más que decir y preguntó:

—¿Qué haremos ahora que la guerra ha terminado?

Ender cerró los ojos y le contestó:

—Necesito dormir, Bean.

Bean se levantó y se fue y Ender se durmió.

Graff y Anderson fueron hasta el parque. Soplaba una brisa, pero el sol pegaba fuerte sobre los hombros.

—¿Abba Technics? ¿En la capital...? —preguntó Graff.

—No, en Biggock County. División de entrenamiento —respondió Anderson—. Piensan que mi trabajo con los niños es una buena preparación. ¿Y usted?

Graff sonrió y negó con la cabeza.

—No tengo planes. Estaré aquí unos pocos meses más. Informes, relajarme. Tengo ofertas. Desarrollo de personal para la DCIA, vicepresidente ejecutivo para U y P..., pero he dicho que no. Una editorial quiere que escriba las memorias de la guerra. No lo sé.

Se sentaron en un banco y miraron las hojas revoloteando por la brisa. Los niños que estaban en el área infantil se reían y gritaban, pero el viento y la distancia se tragaban sus palabras.

—Mire —señaló Graff.

Un niño pequeño saltó de las barras y corrió hasta cerca del banco donde estaban sentados los dos hombres. Otro chico lo siguió y, representando con las manos como si tuviera un arma, hizo el sonido de un explosivo. El niño estaba disparando y no se detenía. Volvió a disparar.

—¡Te tengo! ¡Vuelve aquí!

El otro niño quedó fuera del campo visual.

—¿No sabes cuándo estás muerto?

El chico se metió las manos en los bolsillos y le dio una patada a una piedra en dirección a las barras. Anderson sonrió y sacudió la cabeza.

—Niños.

Él y Graff se levantaron y salieron del parque.

La asesora financiera

Andrew Wiggin cumplió veinte años el día que alcanzó el planeta Sorelledolce. Mejor dicho, al calcular mediante complejas operaciones cuántos segundos había estado volando y a qué velocidad en comparación con la de la luz y, por tanto, cuánto tiempo subjetivo había transcurrido para él, llegó a la conclusión de que había pasado su vigésimo cumpleaños justo antes del final del viaje.

Eso era mucho más relevante para él que el hecho objetivo de que en la Tierra habían pasado cuatrocientos y pico años desde el día en que nació, en la época en que la especie humana aún no se había extendido más allá de su sistema solar de origen.

Cuando Valentine salió de la sala de desembarque (como lo hacían por orden alfabético ella iba siempre detrás de él), Andrew la recibió con las noticias:

—Acabo de darme cuenta de que tengo veinte años.

—Bien —dijo ella—, ya puedes empezar a pagar impuestos como el resto.

Desde el final de la guerra de Xenocidio, Andrew había vivido de un fondo fiduciario creado por un mundo agradecido para premiar al comandante de la flota que había salvado a la humanidad. Bueno, en términos estrictos, se había constituido al final de la Tercera Guerra de los Insectores, cuando la gente todavía pensaba que estos eran monstruos y que los niños que comandaron la flota habían sido héroes. Para cuando le cambiaron el nombre por el de guerra de Xenocidio, la humanidad ya no estaba agradecida y la última cosa que cualquier Gobierno se hubiera atrevido a hacer era autorizar una pensión vitalicia para Ender Wiggin, el perpetrador del más terrible crimen en la historia de la humanidad. De hecho, si se hubiera sabido que existía un fondo fiduciario como aquel, hubiera sido un escándalo público. Pero a la Flota Interestelar le costó tiempo aceptar la idea de que destruir a los insectores había sido mala idea. Entonces ocultaron cuidadosamente el fondo fiduciario de la mirada pública, dispersándolo entre muchos fondos de inversión participados por bastantes empresas, sin que nadie controlara una parte importante del capital. Habían hecho desaparecer el dinero, de manera que solo el propio Andrew y su hermana Valentine sabían dónde estaba y cuánto había.

No obstante, la ley establecía que cuando Andrew alcanzara la edad subjetiva de veinte años, dejaría de estar exento de pagar impuestos. En aquel momento los ingresos se declararían a las autoridades correspondientes y Andrew tendría que presentar una declaración de impuestos, bien fuera una vez al año o bien cada vez que acabara un viaje interestelar de más de un año de tiempo objetivo; en ella tenía que declarar los impuestos prorrateados para un año y los intereses de la parte de impuestos que correspondían al tiempo en que superaba el año objetivo. No es que le hiciera ilusión a Andrew.

—¿Cómo funcionan las regalías de tu libro? —le preguntó a Valentine.

—Como las de cualquier otro —contestó ella—, pero no se han vendido muchos ejemplares, así que no hay muchos impuestos que pagar.

Solo unos minutos después ella tuvo que comerse sus palabras, porque, cuando se sentaron a los ordenadores alquilados en el puerto espacial de Sorelledolce, Valentine descubrió que su libro más reciente, una historia de las fallidas colonias Jung y Calvin en el planeta Helvética, se había convertido en una obra de culto.

—Creo que soy rica —le murmuró a Andrew.

—No tengo ni idea de si soy rico o no —dijo Andrew—. No puedo hacer que el ordenador deje de enumerar mis posesiones.

Los nombres de las empresas siguieron corriendo hacia arriba en la pantalla. La lista seguía y seguía.

—Pensaba que te habían dado en el banco un cheque por lo que fuera, cuando cumpliste los veinte —dijo Valentine.

—¡Vaya suerte tengo! —exclamó Andrew—. No puedo esperar aquí sentado.

—Tienes que hacerlo —le advirtió Valentine—. No se puede pasar por la aduana sin probar que has pagado los impuestos y que te queda suficiente como para mantenerte por tus propios medios sin ser una carga para los servicios públicos.

—Y si no tengo suficiente dinero, ¿me mandan de vuelta?

—No, te asignan a un equipo de trabajo y te obligan a ganarte la libertad a base de una paga ridícula.

—¿Cómo lo sabes?

—No lo sé, pero he leído un montón sobre historia y sé cómo funciona el Gobierno. Si no es así será parecido. O te devolverán.

—No puedo ser la única persona que al aterrizar se ha dado cuenta de que tardará una semana en saber cuál es su situación económica —dijo Andrew—. Voy a buscar a alguien.

—Estaré aquí, pagando impuestos como un adulto —dijo Valentine—. Como una mujer honrada.

—Me haces avergonzarme de mí mismo —le contestó Andrew mientras se alejaba.

Benedetto le echó un vistazo al joven engreído que se sentó frente a su mesa y suspiró. Nada más verlo supo que le daría problemas. Un joven acomodado que llega a un nuevo planeta pensando que el tipo de los impuestos le dará un trato de favor.

—¿Qué puedo hacer por usted? —preguntó Benedetto en italiano, a pesar de que dominaba la lengua común estelar y de que la ley decía que había que dirigirse en ese idioma a los viajeros, a menos que acordaran otra cosa.

Sin inmutarse por el italiano, el joven sacó su identificación.

—¿Andrew Wiggin? —preguntó Benedetto, incrédulo.

—¿Hay algún problema?

—¿Espera que crea que esta identificación es real? —le preguntó, ahora sí, en lengua común.

—¿Por qué no iba a serlo?

—¿Andrew Wiggin? ¿Usted se cree que este lugar es tan remoto que no estudiamos cuál era el nombre de Ender *el Xenocida*?

—¿Es un delito tener el mismo nombre que un criminal? —preguntó Andrew.

—Tener una identificación falsa lo es.

—Si llevara una identificación falsa, ¿le parece inteligente o estúpido usar un nombre como Andrew Wiggin? —preguntó.

—Estúpido —admitió Benedetto de mala gana.

—Entonces, empecemos suponiendo que soy inteligente, pero también que me atormenta llevar toda la vida con el nombre de Ender *el Xenocida*. ¿Va a encontrarme mentalmente incapaz por el desequilibrio que ese trauma me haya causado?

—No soy de la aduana —le explicó Benedetto—; soy de Hacienda.

—Lo sé. Pero parecía obcecado con el asunto de la identidad, así que he pensado que o bien era un espía de la aduana o bien un filósofo, ¿y quién soy yo para negarle la curiosidad en cualquiera de los dos casos?

Benedetto odiaba a los que hablaban bien.

—¿Qué es lo que quiere?

—Me he dado cuenta de que estoy en una situación complicada. Tengo que pagar impuestos por primera vez... Acabo de recibir un fondo fiduciario... y ni siquiera sé lo que poseo. Me gustaría aplazar el pago de los impuestos hasta que pueda arreglarlo todo.

—Denegado —dijo Benedetto.

—¿Y ya está?

—Y ya está —le contestó Benedetto.

Andrew se sentó un momento.

—¿Quiere algo más? —preguntó Benedetto.

—¿Puedo apelar?

—Sí; pero tiene que pagar los impuestos para tener derecho a apelar.

—Tengo la intención de pagar lo que me corresponda —le explicó Andrew—. Es solo que necesito un poco de tiempo para organizarlo y lo haré mejor en mi ordenador, en mi casa, y no en los ordenadores públicos de aquí, en el puerto estelar.

—¿Tiene miedo de que alguien mire por encima de su hombro para ver cuánto le ha dejado su abuela? —le preguntó Benedetto.

—Estaría bien tener un poco más de privacidad, sí. —contestó Andrew.

—Se le deniega el permiso para irse sin pagar.

—Muy bien, entonces, libere mis fondos de capital; así podré pagar para quedarme aquí y arreglar lo de la liquidación de impuestos.

—Ha tenido todo un vuelo para hacer eso.

—He tenido el dinero en un fondo fiduciario. No sabía lo complicado que era todo esto...

—Supongo que se da cuenta de que si sigue diciéndome esas cosas me conmoveré y saldré de aquí llorando —contestó Benedetto con calma.

El joven suspiró.

—No acabo de entender qué quiere que haga.

—Que pague los impuestos como cualquier otro ciudadano.

—No tengo manera de acceder a mi dinero hasta que pague los impuestos —le explicó Andrew—, y no tengo manera de mantenerme mientras averiguo cuánto tengo que pagar de impuestos, a menos que usted libere algo de mis cuentas.

—Seguro que querría haber pensado antes en todo esto, ¿a que sí? —dijo Benedetto.

Andrew miró la oficina.

—Ese cartel dice que usted me ayudará a llenar el impreso de liquidación de impuestos.

—Sí.

—Ayúdeme.

—Enséñeme el impreso.

Andrew lo miró atónito.

—¿Cómo voy a enseñárselo?

—Ábralo aquí. —Benedetto giró el ordenador de su mesa y le ofreció el teclado.

Andrew miró los espacios en blanco del formulario que se veía en el ordenador. Escribió su nombre, el número de identificación fiscal y su contraseña. Benedetto miró a otro lado cuando la tecleó, a pesar de que el programa estaba grabando cada pulsación que el joven hacía. Cuando se fuera, Benedetto tendría acceso pleno a toda la información y a todos sus fondos. Para poder ayudarlo mejor con la gestión de los impuestos, claro.

La pantalla empezó a desplazarse.

—¿Qué ha hecho? —preguntó Benedetto.

La parte superior de la página se salió de la pantalla y en la inferior apareció un texto sin formatear; por eso supo Benedetto que era información relativa a una sola pregunta del formulario. Giró el ordenador para verlo. En la lista constaban los nombres y los códigos de empresas y fondos de inversión, junto con el número de acciones.

—¿Ve mi problema? —le preguntó el joven.

La lista seguía y seguía. Benedetto se inclinó y apretó varias teclas a la vez. La lista dejó de correr en la pantalla.

—Tiene muchas posesiones —constató.

—Pero no lo sabía —aclaró Andrew—. Mejor dicho: sabía que los administradores habían diversificado mis inversiones hace tiempo, pero no tenía idea hasta qué punto. Sacaba una asignación cada vez que estaba en el planeta y como era una pensión oficial libre de impuestos nunca he tenido que pensar en todo esto.

Así que podía ser que aquella mirada de niño inocente no fuera teatro. Benedetto empezaba a estar menos molesto; de hecho, sintió que podían hacerse amigos. Aquel chaval iba a hacer de él un hombre muy rico sin ni siquiera saberlo y podría retirarse de la oficina de impuestos. Solo con las acciones que tenía en la última empresa que aparecía cuando interrumpió el listado, Enzichel Vinicenze, un conglomerado con extensas posesiones en Sorelledolce, Benedetto podría comprar una casa de campo y tener criados el resto de su vida. Y solo habían llegado a la *e*.

—Interesante —dijo Benedetto.

—¿Qué le parece? —preguntó el muchacho—. Acabo de cumplir los veinte en el último año de mi viaje. Hasta ahora, mis ingresos estaban exentos de impuestos. Si me deja una cantidad operativa y luego unas semanas para localizar un experto que me ayude a analizar todo esto, le mandaré todas las liquidaciones que me correspondan.

—Muy buena idea —concedió Benedetto—. ¿Dónde está retenido ese capital?

—En el Banco de Cambio de Cataluña —respondió Andrew.

—¿Número de cuenta?

—Basta con que libere todos los fondos retenidos a mi nombre —contestó Andrew—. No necesita el número de cuenta.

Benedetto no insistió. No le hacía falta pringarse con el dinero en metálico, que era una insignificancia; no, teniendo en cuenta la veta que podía saquear a su antojo antes de que el chaval llegara al despacho de un asesor fiscal. Tecleó la información necesaria y registró el formulario. También le dio a Andrew Wiggin un pase de treinta días, para que pudiera moverse libremente por Sorelledolce, siempre y cuando se conectara todos los días con el servicio de impuestos, rellenara un formulario completo y pagara las tasas estimadas en dicho plazo de treinta días, y, asimismo, prometiera no abandonar el planeta hasta que sus liquidaciones fueran evaluadas y aceptadas. Era el procedimiento operativo estándar.

El joven se lo agradeció (eso era lo que más le gustaba a Benedetto: que aquellos idiotas ricos le dieran las gracias por mentirles y echar una ojeada al dinero negro de sus cuentas). Andrew salió de la oficina.

En cuanto se fue, Benedetto borró la pantalla y ejecutó su programa espía para piratear la contraseña del joven. Esperó. El programa espía no funcionaba. Comprobó qué programas estaban ejecutándose, también los accesos ocultos y vio que el programa espía no estaba. Absurdo. Siempre estaba ejecutándose. Pero resultaba que no; es más, había desaparecido de la memoria. Usó su versión prohibida del programa Predator, buscó la firma electrónica del programa espía y encontró un par de archivos temporales, pero ninguno contenía información útil y el programa en sí había desaparecido por completo. Cuando intentó volver al formulario que Andrew Wiggin había creado, tampoco pudo abrirlo. Debería estar allí, con la lista de las posesiones del joven, con la que Benedetto podría llegar a algunas de las acciones y fondos de forma manual (había un montón de maneras de piratearlos incluso sin que el programa pirata se hiciera con la contraseña). Pero el formulario estaba en blanco. Habían desaparecido todos los nombres de las empresas. ¿Qué había pasado? ¿Cómo podían no funcionar ninguna de las dos cosas? No importaba. La lista era tan larga que seguro que se había guardado una copia de seguridad. El Predator la encontraría. Pero es que el Predator no respondía; ni siquiera estaba en la memoria. ¡Lo había usado hacía un momento! Era imposible. Era...

¿Cómo podría haber metido el chaval aquel un virus en el sistema al rellenar el formulario fiscal? ¿Quizá lo había incrustado en uno de los nombres de empresas de alguna manera? Benedetto solía usar software ilegal, pero no era programador; aun así nunca había oído hablar de nada que pudiera entrar a través de datos desbloqueados; no con la seguridad que tenía el sistema de Hacienda. Aquel Andrew Wiggin tenía que ser una especie de espía. Sorelledolce era una de las últimas resistencias contra la integración total en el Congreso Estelar; tenía que ser un espía del Congreso enviado para boicotear la independencia de Sorelledolce. Pero era absurdo; un espía habría ido preparado para presentar las liquidaciones de impuestos, pagarlos y continuar viaje. Un espía no habría hecho nada para llamar la atención. Tenía que haber alguna explicación y Benedetto iba a encontrarla. Quienquiera que fuese aquel Andrew Wiggin, él no iba a quedarse sin una parte justa de su riqueza. Había esperado algo así mucho tiempo, y que aquel tal Wiggin tuviera un programa sofisticado de seguridad no significaba que Benedetto no fuera a encontrar la forma de echarle mano a aquello a lo que tenía derecho.

Andrew estaba todavía un poco irritado cuando él y Valentine salieron del puerto estelar. Sorelledolce era una de las colonias más recientes, solo tenía cien años, pero su condición de planeta asociado hacía que hubieran emigrado allí muchos negocios turbios y opacos, lo que suponía mucho empleo, oportunidades sin fin y una ciudad floreciente que hacía que pareciera que a todo el mundo le iba de maravilla, y también hacía que todo el mundo mirara con el rabillo del ojo.

Las naves llegaban llenas de gente y se iban repletas de cargamento, de modo que la población de la colonia se acercaba a los cuatro millones y la de la capital, Donnabella, al millón. La arquitectura era una extraña mezcla de cabañas prefabricadas de madera y plástico. No se podía decir la edad de un edificio a partir de eso, a pesar de que ambos materiales habían coexistido desde el principio. La flora autóctona estaba formada por bosques de helechos y los animales, entre los que predominaban los lagartos sin patas, eran tan grandes como dinosaurios. No obstante, los asentamientos humanos eran muy seguros y la agricultura producía tanto que la mitad de la tierra podía dedicarse a cultivos comerciales para la exportación; algunos legales, como los textiles, y otros ilegales, para consumo. Eso por no hablar del comercio de pieles de las serpientes gigantes de colores que se usaban para tapicería y para cubiertas de techos en todos los mundos regidos por el Congreso Estelar. Había grupos de cazadores que iban al bosque y volvían un mes más tarde con cincuenta pieles, suficiente para que los que habían sobrevivido del grupo se retirasen a llevar una vida de lujo. No obstante, habían salido muchas partidas de caza a las que nunca más se vio. El único consuelo, según el humor local, era que la bioquímica era tan diferente que la serpiente que se comiera un ser humano tendría diarrea durante una semana; no llegaba a venganza, pero algo es algo.

Continuamente se levantaban nuevos edificios, pero no podían seguir el ritmo de la demanda, así que Andrew y Valentine se pasaron todo el día buscando una vivienda para compartir. La encontraron y su compañero, un cazador de Abisinia de enorme fortuna, anunció que tenía una expedición y que se iría a cazar al cabo de pocos días. Lo único que les pedía era que le vigilaran sus cosas hasta que regresara... o no.

—¿Cómo sabremos que no va a volver? —preguntó Valentine, siempre práctica.

—Por la mujer llorando en el barrio libio —contestó.

Lo primero que hizo Andrew fue registrarse en la red con su ordenador, para poder estudiar sus nuevas posesiones cuando tuviera tiempo. Valentine tuvo que pasar los primeros días despachando un montón de mensajes que le llegaban a raíz de su último libro, además del correo habitual que intercambiaba con los historiadores de todos los mundos establecidos. La mayoría de esos correos los marcaba para contestarlos después, pero responder a los urgentes ya le costó tres largos días. Por supuesto, las personas que le escribían no tenían ni idea de que se dirigían a una joven de unos veinticinco años (en edad subjetiva). Pensaban que estaban escribiéndose con el notable historiador Demóstenes.

No es que nadie pensara que aquel nombre no era un seudónimo; cuando se hizo famosa con su último libro, algunos periodistas habían intentado identificar al Demóstenes real investigando la secuencia de respuestas lentas o la ausencia de respuesta cuando estaba viajando, para después cotejar las listas de pasajeros de los vuelos posibles. Eran un montón de cálculos, pero para eso estaban los ordenadores. Así que hubo varios hombres, unos más intelectuales que otros, de los que se creyó que eran Demóstenes, y algunos no lo negaron. A Valentine todo aquello le divertía mucho. Mientras los cheques de regalías llegaran al lugar correcto y nadie tratara de aprovecharse con un libro falso bajo su seudónimo, a ella no le importaba lo más mínimo quién reclamara el prestigio personal. Había trabajado con seudónimo, aquel en concreto, desde la infancia y estaba a gusto con esa mezcla extraña de fama y anonimato. Lo mejor de ambos mundos, le decía a Andrew.

Ella era famosa; él tenía notoriedad, así que no utilizaba ningún seudónimo. Todo el mundo acababa por suponer que su nombre era una gran equivocación de sus padres. Nadie que se apellidara Wiggin se hubiera atrevido a ponerle Andrew a su hijo, no después de lo que aquel xenocida había hecho; eso es lo que creía todo el mundo. Era impensable que aquel joven de veinte años pudiera ser el mismo Andrew Wiggin. No podían saber que durante los últimos tres siglos, él y Valentine habían ido saltando de un mundo a otro, quedándose en cada uno solo el tiempo suficiente para que ella encontrara una nueva historia que investigar y recopilara el material. Luego se subían a la siguiente nave espacial para poder escribir el libro mientras viajaban al siguiente planeta. Y gracias al efecto de la relatividad, apenas habían perdido dos años de vida en los últimos trescientos de tiempo real.

Valentine se había sumergido a fondo y con brillantez en las culturas: era indudable a la vista de lo que había escrito, pero Andrew se había mantenido como un turista; o, incluso, con menos implicación. Ayudaba a Valentine en la investigación y jugaba con los idiomas un poco, pero no había hecho casi ningún amigo y siempre se quedaba al margen de los lugares. Ella quería saberlo todo; él no quería amar a nadie, o al menos eso le parecía, cuando pensaba en ello. Se sentía solo, pero luego se decía a sí mismo que se alegraba de que fuera así, que Valentine era la compañía que necesitaba. Ella, por el contrario, necesitaba más y por eso tenía a todas las personas que iba conociendo a través de su investigación, toda la gente que con la que se escribía.

Justo después de la guerra, cuando todavía era Ender, aquel niño, algunos de los compañeros que habían servido con él le escribían cartas, pero como él fue el primero en viajar a la velocidad de la luz, la correspondencia pronto se interrumpió: entre que le llegaba y la respondía ya tenía cinco o diez años menos que ellos. Él, que había sido su líder, era ahora un niño pequeño, el mismo que habían conocido y admirado, pero para los otros iban pasando los años. La mayoría de ellos estaban inmersos en las guerras que dividieron la Tierra en el decenio posterior a la victoria sobre los insectores. Habían madurado tanto, en el combate y en la política, que cuando recibían las respuestas de Ender a sus cartas, ellos ya pensaban en los viejos tiempos como historia antigua, como parte de otra vida. Y ahí estaba aquella voz del pasado, que le respondía al niño que le había escrito, solo que ese niño ya no estaba allí. Algunos de ellos lloraban sobre la carta, recordando a su amigo, afligidos de que solo a él no se le hubiera permitido regresar a la Tierra después de la victoria. Pero ¿cómo podían responderle? ¿En qué punto podían tocarse sus vidas?

Más adelante, la mayoría de ellos habían volado a otros mundos, mientras que Ender servía como niño-gobernador de una colonia en uno de los mundos colonia conquistados a los insectores. Alcanzó la madurez en aquel ambiente bucólico y, cuando estuvo listo, lo llevaron al encuentro de la única Reina Colmena superviviente, que le contó su historia y le pidió que la llevara a un lugar seguro, donde su pueblo pudiera renacer. Él prometió que lo haría y para empezar a construir un mundo seguro para ella, escribió un librito titulado *La Reina Colmena*. Lo publicó con seudónimo, a sugerencia de Valentine. Lo firmó como El Portavoz de los Muertos. No sabía cuál sería el efecto que produciría el libro ni cómo transformaría la percepción que tenía la humanidad de la guerra de los Insectores. Fue precisamente el libro lo que hizo que pasara de ser el niño héroe al niño monstruo, del vencedor de la Tercera Guerra de los Insectores al Xenocida que destruyó otra especie innecesariamente.

No lo demonizaron al principio, sino que fue un proceso gradual, paulatino. Primero se compadecieron del niño al que habían manipulado para que usara su ingenio con el fin de destruir a la Reina Colmena. Luego, su nombre llegó a denominar a cualquiera que hiciera cosas monstruosas sin entender lo que estaba haciendo. Al final, su nombre, popularizado como Ender *el Xenocida*, significaba una persona que hacía lo inconcebible a escala monstruosa. Andrew entendía cómo había sucedido y ni siquiera lo rechazaba. Nadie podía culparlo más de lo que él mismo se culpaba. Supo que no había sabido la verdad, pero sentía que tenía que haberse enterado de lo que pasaba, ya que aunque no tuviera intención de destruir a las Reinas Colmena, destruyó a toda la especie de golpe y eso era la consecuencia de sus acciones. Había hecho lo que había hecho, y tenía que aceptar la responsabilidad.

Eso comprendía el capullo en el que viajaba con él la Reina Colmena, seco y envuelto como una reliquia familiar. Tenía privilegios y permisos por su antiguo estatus militar a los que todavía se aferraba y así consiguió que nunca le inspeccionaran el equipaje; al menos hasta aquel momento. Su encuentro con Benedetto, el hombre de los impuestos, fue la primera señal de que las cosas podrían ser diferentes ahora que era adulto.

Diferentes, pero no suficientemente diferente. Llevaba la carga de la destrucción de una especie y a esa se le sumaba la carga de su salvación, de su restauración. ¿Cómo iba él, casi un hombre de veinte años, a encontrar un lugar donde la Reina Colmena pudiera eclosionar y poner sus huevos fertilizados que ningún humano la descubriera ni interfiriera? ¿Cómo podía protegerla?

El dinero podía ser la respuesta. Por la manera en que los ojos de Benedetto se habían abierto al ver la lista de posesiones de Andrew, era probable que hubiera un buen montón de dinero. Y Andrew sabía que el dinero podía transformarse en poder, entre otras cosas. Poder, quizá, para comprar seguridad para la Reina Colmena. Si era así, tenía que averiguar cuánto dinero había y cuánto debía de impuestos. Sabía que había expertos en ese tipo de cosas: abogados y contables especializados. Pensó otra vez en la mirada de Benedetto. Andrew reconocía la avaricia cuando la veía. Cualquiera que lo conociera y pensara que acumulaba aquella riqueza intentaría sacar algo. Él sabía que el dinero no era suyo; era dinero ensangrentado, su recompensa por destruir a los insectores, y necesitaba usarlo para restaurarlos antes de que lo que quedara no se considerara legítimamente suyo. ¿Cómo podía encontrar a alguien que lo ayudara sin abrirles la puerta a los chacales? Habló de ello con Valentine y ella, como gracias a su correspondencia tenía conocidos en todas partes, se comprometió a preguntar quién podría ser de confianza. La respuesta llegó rápido: nadie. Sorelledolce no era el lugar para proteger una gran fortuna.

A partir de aquel momento, Andrew se puso a estudiar derecho fiscal durante una hora o dos todos los días, y luego dedicaba algunas más a intentar calibrar en qué situación estaba y qué implicaciones fiscales se derivaban. Era un trabajo que le nublaba la mente y cada vez que pensaba que lo entendía, comenzaba a sospechar que había algún vacío legal que se le escapaba, un truco que necesitaba saber para que todo funcionara. Las palabras de un párrafo que parecía poco importante se volvían fundamentales. Volvía atrás y lo estudiaba intentando encontrar una excepción a una regla que creía que le afectaba. Al mismo tiempo, había excepciones que se aplicaban a casos especiales, a veces, solo a una empresa, pero casi siempre ocurría que él tenía participación en esa empresa o un fondo que participaba en la misma. No era un asunto para estudiarlo en un mes. Solo controlar sus posesiones era el objeto de toda una carrera. En cuatrocientos años puedes acumular mucha riqueza, sobre todo si no gastas casi nada. Todo el dinero de la pensión que no gastaba se reinvertía. Parecía que, sin saberlo, estaba metido en todo.

No quería; no le interesaba. Cuanto más entendía menos le importaba. No entendía por qué no se suicidaban los asesores fiscales.

Entonces apareció aquel anuncio en su correo electrónico. Se suponía que no tendría que llegarle publicidad, ya que los viajeros interestelares no interesaban porque eran dinero perdido: el gasto en publicidad se desperdiciaba durante su viaje y los anuncios viejos acumulados serían un estorbo al llegar a tierra firme. Y aunque estaba en tierra firme, Andrew no había comprado nada más que el subarrendamiento de una habitación y algunas provisiones, así que no veía cómo alguien podía tener sus datos.

Sin embargo, ahí estaba: ¡Top Software financiero! ¡La respuesta que está buscando!

Era como los horóscopos: tantas adivinanzas a ciegas, alguna acertaría. Andrew necesitaba ayuda y todavía no había dado con una respuesta, así que en vez de borrar el anuncio, lo abrió y dejó que pasara la presentación en 3D en su ordenador.

Había mirado alguno de los avisos que saltaban en el ordenador de Valentine; a ella le llegaban tantos correos que era imposible evitar los anuncios, al menos en la cuenta a nombre de Demóstenes. Se usaban fuegos artificiales, piezas teatrales, efectos especiales deslumbrantes o escenas sensibleras con el objeto de vender lo que fuera que había que vender.

Sin embargo, aquel era simple. En la pantalla aparecía la cara de una mujer mirando hacia el infinito, luego miraba a su alrededor y finalmente miraba sobre su hombro para *ver* a Andrew.

—¡Vaya! Ahí estás —dijo ella.

Andrew no respondió nada y esperó a que ella continuara.

—¿No vas a contestarme?

«Buen software —pensó—, pero es muy atrevido suponer que ningún receptor contestará.»

—Bien, ya veo —continuó ella—. Piensas que soy un programa que se ejecuta en tu ordenador. No, no lo soy. Soy la amiga y asesora financiera que estabas buscando. Pero no trabajo por dinero, trabajo para ti. Tienes que hablarme para que pueda entender lo que quieres hacer con el dinero, qué quieres lograr. Tengo que oír tu voz.

A Andrew no le gustaba seguirle la corriente a los programas de ordenador. Tampoco le gustaba el teatro participativo. Valentine lo había llevado a ver un par de espectáculos en los que los actores interaccionaban con el público. Un mago intentó que contribuyera al espectáculo y empezó a sacarle objetos de la oreja, del pelo y de la chaqueta, pero Andrew puso cara de no sentir nada y no hizo ningún movimiento, como si no entendiera lo que estaba pasando. Al final el mago se dio cuenta de que no colaboraría y siguió con su actuación.

Y lo que no hacía con un ser humano vivo menos iba a hacerlo con un programa de ordenador. Andrew presionó la tecla PAGE para saltar la introducción de aquella cabeza parlante.

—¡Eh! —exclamó la mujer—, ¿qué haces? ¿Estás intentando librarte de mí?

—Sí —le contestó Andrew. Le dio rabia haberse dejado engañar. La simulación era tan real que al final había logrado que contestara por reflejo.

—Qué suerte tienes de no llevar encima una tecla PAGE. No sabes lo que duele. Eso, sin contar la humillación.

Como ya había hablado una vez, no había razón para no continuar utilizando la interfaz por defecto del programa.

—Venga, ¿cómo hago para que desaparezcas de la pantalla y así volver a las minas de sal? —preguntó Andrew. Con toda la intención habló deprisa y medio farfullando, a sabiendas de que incluso el software de reconocimiento de voz más elaborado no podía funcionar si se encontraba con alguien que hablara de aquella manera.

—Tienes acciones en dos minas de sal —dijo la mujer—, pero esas inversiones darán pérdidas. Tienes que deshacerte de ellas.

Aquello irritó a Andrew.

—No te he dado archivos para leer —le recriminó—. Ni siquiera he comprado este software todavía. No quiero que leas mis archivos. ¿Cómo te apago?

—Si liquidas las minas de sal puedes usar el dinero que saques para pagar los impuestos. Casi cubre la liquidación anual.

—¿Me estás diciendo que ya has accedido a mi declaración fiscal?

—Acabas de aterrizar en el planeta Sorelledolce, donde los impuestos son extraordinariamente altos, pero aplicando todas las desgravaciones a las que tienes derecho, entre ellas las de la ley de beneficios para veteranos, que solo rige para los pocos participantes en la guerra de Xenocidio que quedaron vivos, puedo mantener el pago total por debajo de los cinco millones.

Andrew se rio.

—¡Oh, brillante!, incluso mi cálculo más pesimista no superaba los cinco millones.

Ahora le tocaba reír a la mujer:

—Tus cálculos eran de un millón y medio de starcounts. Mis cálculos son de menos de cinco millones de firenzette.

Andrew calculó la diferencia del cambio y su sonrisa desapareció.

—Eso son siete mil starcounts.

—Siete mil cuatrocientos diez —precisó la mujer—. ¿Estoy contratada?

—No hay ninguna manera legal de que yo pueda pagar eso.

—No crea, señor Wiggin. Las leyes fiscales están diseñadas para engañar a la gente y hacerle pagar más de lo que paga. De esa forma, los ricos que se enteran pueden aprovechar las desgravaciones, mientras que a aquellos que no tienen buenos contactos ni un buen contable, se los engaña y se les hace pagar cantidades escandalosamente altas. Pero yo conozco todos los trucos.

—Un buen inicio —dijo Andrew—. Muy convincente, si no fuera porque entonces viene la policía y me arresta.

—¿Eso cree, señor Wiggin?

—Si va a obligarme a usar una interfaz de voz —le respondió Andrew—, por lo menos no me llame señor.

—¿Qué le parece si lo llamo Andrew?

—Me parece bien.

—Y usted debe llamarme Jane.

—¿Debo?

—O yo podría llamarlo Ender —le soltó ella.

Andrew se quedó mudo. Nada en sus archivos aludía a aquel sobrenombre de su infancia.

—Cierra este programa y sal de mi ordenador.

—Como quiera.

La cabeza desapareció de la pantalla.

«¡Qué alivio!», pensó Andrew. Si le presentaba a Benedetto un formulario de liquidación en el que figurara una cantidad tan baja no se libraría de una inspección y, por lo que había intuido, Benedetto se quedaría con una gran parte de las posesiones de Andrew. No es que le importara que un hombre tuviera iniciativa, pero tenía la sensación de que Benedetto no sabía cuándo parar, así que no hacía falta llamar su atención.

Cuando se detuvo a pensarlo, le hubiera gustado no actuar tan rápido. Aquella Jane del programa podía haber sacado el nombre Ender de una base de datos de sobrenombres, aunque era extraño que no hubiera probado primero las opciones más obvias, como Drew o Andy. Era paranoico imaginar que una aplicación informática que le había llegado por correo al ordenador, y que debía de ser una versión de prueba de un programa mayor, pudiera haber sabido tan deprisa que él era Andrew Wiggin. Dijo e hizo lo que estaba programada para decir y hacer. Puede que elegir el sobrenombre menos probable fuera una estrategia para que el cliente potencial diera su sobrenombre correcto, lo que hubiera significado una aprobación tácita para usarlo y así estar un paso más cerca de la compra.

¿Y si aquel cálculo tan bajo de los impuestos era acertado? ¿O si lograba forzar el programa para obtener un cálculo más favorable? Si el programa estaba bien hecho podía ser el asesor financiero y de inversiones que necesitaba. Por cierto, había encontrado las dos minas de sal bastante rápido, a partir de una forma verbal de su infancia en la Tierra. Y cuando las vendió, resultó que su valor era exactamente el que ella había predicho. Lo que el programa había predicho. Aquel rostro humano era una buena táctica para personalizar el programa y hacerle pensar en él como si fuera una persona. Puedes ser borde con un programa, pero no estaría bien despachar sin más ni más a una persona.

Bueno, pero no había funcionado con él. Le había cortado y lo haría de nuevo si pensara que tenía que hacerlo, pero en aquel momento, con solo dos semanas para que venciera el plazo de pago de los impuestos, pensó que sería mejor dejar de lado la irritación que le provocaba la mujer virtual. Tal vez pudiera reconfigurar el programa para comunicarse solo a través de texto, que era lo que prefería. Abrió el correo electrónico y clicó sobre el aviso, pero solo apareció el mensaje estándar: «Archivo no disponible.» Le dio rabia. No tenía ni idea del planeta de origen. Mantener un enlace en el ansible era costoso, por lo que seguramente lo habían quitado cuando él cerró el programa de demostración: no tenía sentido desperdiciar tiempo interestelar con un cliente que no compraba a la primera. Bueno, ya no podía hacer nada.

Encontrar el proyecto le llevó a Benedetto casi más tiempo de lo que valía. Tuvo que ir rastreando al tipo aquel para averiguar con quién estaba trabajando y no era fácil seguirlo de viaje en viaje. Todos sus vuelos eran asuntos reservados, secretos, lo que demostraba, de nuevo, que trabajaba con algún Gobierno. De casualidad localizó el viaje anterior al que le había llevado hasta allí. Pero enseguida se dio cuenta de que si seguía a su amante, o su hermana o su secretaria, lo que fuera aquella Valentine, sería mucho más fácil.

Lo que lo sorprendió fue lo poco que permanecía en cada sitio. Con unos pocos viajes, Benedetto había seguido su rastro desde hacía trescientos años hasta el inicio de la era de la colonización y, por primera vez, se le ocurrió que no era tan disparatado pensar que aquel Andrew Wiggin pudiera ser el mismo... No, no, no podía darlo por hecho, pero si era verdad, si era el criminal de guerra que... las opciones de chantaje eran asombrosas. ¿Cómo era posible que nadie más hubiese seguido aquella simple investigación sobre Andrew y Valentine Wiggin? ¿O ya estaban pagando chantajes en muchos mundos? ¿O todos los extorsionadores habían muerto? Benedetto debía ir con cuidado. Las personas con mucho dinero suelen tener amigos poderosos. Tenía que buscarse amigos para protegerse mientras avanzaba con su nuevo plan.

Valentine se lo enseñó a Andrew como una rareza.

—He oído hablar de esto antes, pero esta es la primera vez que hemos estado lo bastante cerca como para poder asistir a uno.

Era un anuncio en una red local de noticias sobre

un sermón para un hombre muerto. A Andrew no le gustaba la manera en que su seudónimo, el Portavoz de los Muertos, había sido recogido por otros y se había convertido en el título de un «casi» sacerdote revelador de la verdad de una nueva protorreligión. No había doctrina, así que la gente de casi cualquier fe podía invitar a un portavoz de los muertos para que hablara en un funeral, o incluso mucho después de que el cuerpo fuera enterrado o incinerado. Sin embargo, aquellos portavoces de los muertos no habían surgido de su libro *La Reina Colmena*. Fue *El Hegemón*, el segundo libro de Andrew, el que provocó aquella costumbre funeraria.

El hermano de Andrew y Valentine, Peter, había sido nombrado Hegemón después de las guerras civiles y, mediante una mezcla de hábil diplomacia y fuerza brutal, había unido toda la Tierra bajo un solo Gobierno poderoso. Era un dictador liberal y estableció instituciones que compartirían la autoridad más adelante. Bajo su Gobierno se puso en marcha en serio el negocio de la colonización de otros planetas. Desde niño, Peter había sido cruel y carente de compasión, y Andrew y Valentine lo temían; de hecho, fue Peter quien arregló las cosas para que Andrew no pudiera regresar a la Tierra después de su victoria en la Tercera Guerra contra los Insectores. Así que a Andrew le costaba no odiarlo. Esa fue la razón de que se dedicara a investigar y a escribir *El Hegemón*: para intentar averiguar quién era de verdad el hombre que estaba detrás de las manipulaciones y las masacres, y de los horribles recuerdos de la infancia. El resultado fue una biografía implacablemente justa que daba la medida del hombre y no escondía nada.

Como el libro estaba firmado con el mismo nombre que *La Reina Colmena*, que ya había cambiado la opinión que la gente tenía de los insectores, tuvo mucha difusión y, de rebote, dio lugar a todos aquellos portavoces de los muertos, que intentaban llevar el mismo nivel de veracidad del libro a los funerales de otras personas muertas, algunas prominentes, otras irrelevantes. Hablaban de la muerte de héroes y de gente poderosa, y del precio que unos y otros pagaban por el éxito; de los alcohólicos y toxicómanos que habían arruinado la vida de sus familias y del ser humano que había detrás de la adicción, pero sin ocultar nunca la verdad del daño que había causado la debilidad. Andrew se había acostumbrado a la idea de que todo eso se hacía en nombre del Portavoz de los Muertos, pero nunca había asistido a una de aquellas sesiones y como Valentine tenía ganas de ir, no dejaron pasar la oportunidad, a pesar de que no tenía tiempo.

No sabían nada sobre el difunto; que la alocución solo se hubiera difundido mediante un pequeño aviso público sugería que no era muy conocido. Efectivamente, iba a tener lugar en una pequeña sala de un hotel en la que estaban poco más de veinte personas. No había cuerpo presente; al parecer, el fallecido ya había sido eliminado. Andrew intentó adivinar la identidad de los demás asistentes. ¿Aquella era la viuda? ¿La otra de allí, la hija? ¿O la más vieja era la madre y la más joven, la viuda? ¿Esos eran hijos? ¿Amigos? ¿Socios?

El portavoz iba vestido de manera sencilla y no se las daba de nada. Fue a la parte delantera de la sala y empezó a hablar, repasando la vida del hombre. No era una biografía, ya que no había tiempo para tanto detalle. Más bien era como una crónica en la que se pasaba revista a los actos importantes, pero juzgando cuáles eran relevantes, no por el interés periodístico que pudieran haber tenido, sino por la profundidad y la intensidad del efecto que habían causado en la vida de otros. Así, su decisión de construir una casa en un barrio lleno de gente cuyo nivel económico estaba muy por encima del suyo, había sido un lujo que no podía permitirse, pero por el que nunca apareció en las noticias. Sin embargo, había influido en la vida de sus hijos a medida que crecían, ya que los había obligado a tratar con personas que los menospreciaban. Además, había vivido angustiado por el dinero. Trabajó hasta la muerte para pagar la casa. Lo hizo «por los niños», aunque a ellos les hubiera gustado crecer con personas que no los juzgaran por no tener dinero, que no los arrinconaran por advenedizos. Su esposa estaba aislada en un barrio donde no tenía amigas y él había muerto hacía menos de un día cuando ella, que ya se había mudado, puso la casa en venta.

El portavoz no se detuvo allí. Contó que la obsesión que el difunto tenía con aquella casa y con meter a su familia en aquel barrio surgió de la insistencia de su madre, resentida por el fracaso del padre, que no había podido ofrecerle un buen hogar. No dejaba de decir que había sido un error «casarse con alguien que no le convenía» y por eso el fallecido se había ido obsesionando con que el hombre debe proporcionarle a su familia lo mejor, sin importar lo que cueste. Odiaba a su madre; de hecho, huyó de su lugar de origen y llegó a Sorelledolce, sobre todo, para escapar de ella, pero sus obsesiones habían llegado con él y habían distorsionado su vida y la de sus hijos. Así que, al final, la pelea con su marido había matado a su hijo, puesto que fue lo que lo llevó al agotamiento y al colapso que lo derribó antes de cumplir los cincuenta.

Andrew se dio cuenta de que la viuda y los hijos no habían conocido a la abuela en el planeta natal de su padre, por lo que desconocían el origen de su obsesión por vivir en el barrio perfecto, en la casa adecuada. En aquel momento, al ver lo que le había tocado vivir de niño, se les saltaron las lágrimas. Obviamente, tenían permiso para hacer frente a sus resentimientos y, al mismo tiempo, perdonar a su padre por el dolor que les había ocasionado. Ya todo tenía sentido para ellos.

El discurso acabó. Los miembros de la familia abrazaron al orador y se abrazaron mutuamente. El portavoz se marchó. Andrew lo siguió. Lo agarró por el brazo al llegar a la calle.

—Señor, ¿cómo se hizo portavoz de los muertos? —inquirió Andrew.

El hombre lo miró con extrañeza

—Hablando.

—Pero ¿cómo se ha preparado?

—El primer funeral en el que hablé fue el de mi abuelo —respondió—. No había leído aún *La Reina Colmena* y *El Hegemón* (los dos libros se vendían ya en un solo volumen), pero cuando terminé, la gente me dijo que tenía un don como portavoz de los muertos. Luego leí los libros y me hice una idea de cómo tenía que hacerlo. Así que cuando empezaron a pedirme que hablara en funerales, ya sabía que era necesario investigar antes de hablar. Ni siquiera ahora sé si lo hago bien.

—Así que para ser portavoz de los muertos, usted simplemente...

—Hablo; y me piden que hable de nuevo. —El hombre se sonrió—. No es un trabajo remunerado, si es lo que está pensando.

—No, no —dijo Andrew—, yo solo... yo solo quería saber cómo se hace, es todo.

No es probable que aquel hombre, ya en la cincuentena, creyera que tenía ante sí, bajo la forma de un chico de veinte años, al autor de *La Reina Colmena* y *El Hegemón*.

—Y si se lo pregunta, no somos curas. Ni vigilamos nuestro territorio ni nos ponemos celosos de que otros quieran entrar en él.

—¿Perdón?

—Así que si está pensando en hacerse portavoz de

los muertos, adelante. Pero tenga buen cuidado de no hacer el trabajo a medias. Va a remodelar el pasado de la gente y si no se mete a fondo y hace las cosas bien, si no lo averigua todo, lo único que conseguirá es hacer daño. En ese caso es mejor que no empiece; no puede ponerse de pie e improvisar.

—No, supongo que no se puede.

—Muy bien. Eso es todo lo que tiene que aprender para ser portavoz de los muertos. Espero que no quiera un certificado —el hombre sonrió—, no siempre está bien visto como aquí. A veces hablas porque la persona muerta dejó escrito en su testamento que quería un portavoz de los muertos. Los familiares no quieren que lo hagas y están horrorizados por lo que dices, y nunca te lo perdonarán. Pero... lo haces de todos modos, porque el difunto quería que se dijera la verdad.

—¿Cómo puede estar seguro de que ha encontrado la verdad?

—Nunca se sabe. Haces lo que crees que es mejor —dijo y le dio una palmadita en la espalda a Andrew—. Me encantaría hablar más tiempo con usted, pero tengo que hacer llamadas antes de que todo el mundo se vaya esta tarde a su casa. Para los vivos soy contable; ese es mi trabajo cotidiano.

—¿Contable? —preguntó Andrew—. Sé que está ocupado, pero ¿puedo preguntarle sobre un programa informático de contabilidad? ¿Una cabeza parlante, una mujer que aparece en la pantalla y se llama a sí misma Jane?

—No he oído hablar de él, pero el universo es grande y no hay forma de mantenerse al día de todos los programas que hay. ¡Lo siento!

El hombre se fue.

Andrew hizo una búsqueda en la red del nombre Jane, combinándolo con las palabras «inversión», «finanzas», «contabilidad» e «impuestos». Había siete resultados, pero todos señalaban a una escritora del planeta Albión, que hacía cien años había escrito un libro sobre planificación interplanetaria de bienes inmuebles. Posiblemente la Jane del programa había sido bautizada así por ella misma; o no, pero todo aquello no llevaba a Andrew más cerca de conseguir el programa. Cinco minutos después de acabar de buscar, la familiar cara apareció en la pantalla del ordenador.

—Buenos días, Andrew —dijo ella—. ¡Ay! Está poniéndose el sol, ¿no? Es tan difícil estar al tanto de la hora local de todos estos mundos...

—¿Qué estás haciendo aquí? —preguntó Andrew—. He intentado encontrarte, pero no sabía el nombre del programa.

—¿Ah, sí? Es una visita programada de seguimiento, por si has cambiado de opinión. Si quieres puedo desinstalarme de tu ordenador, o puedo hacer una instalación, bien sea completa o bien parcial, según lo que quieras.

—¿Cuánto cuesta una instalación?

—Puedes pagarme —le contestó Jane—. Soy barata y tú eres rico.

Andrew no estaba seguro de que le gustara el estilo de aquella simulación de personalidad.

—Lo único que quiero es una respuesta sencilla —dijo Andrew—. ¿Cuánto cuesta instalarte?

—Te daré la respuesta —contestó Jane—. Soy una instalación adaptable. La tarifa varía en función de tu situación económica y de lo útil que te resulte. Si me instalas solo para ayudarte con los impuestos, se te cobrará una décima parte del uno por ciento de la cantidad que te ahorres gracias a mí.

—¿Y si te digo que quiero pagar más de lo que tú crees que debo liquidar?

—Entonces te hago ahorrar menos y te sale más barato el servicio. No hay pagos ocultos. Tampoco algoritmos para casos de falsificación. Pero si solo me instalas para impuestos, estarás perdiendo una oportunidad. Tienes mucho dinero y vas a pasarte la vida gestionándolo, a menos que me lo encargues a mí.

—Bueno, eso no me preocupa —dijo Andrew—. ¿Quién eres tú?

—Yo. Jane. El programa instalado en tu ordenador. ¡Ah, vale! Te preocupa que esté conectada a alguna central de datos que así tendrá mucha información sobre tus finanzas. No, tenerme instalada en el ordenador no generará ninguna información sobre ti que vaya a ir a ningún sitio. No hay una habitación llena de ingenieros informáticos intentando hacerse con tu fortuna. En cambio, lo que tendrás es el equivalente a un corredor de bolsa, un asesor fiscal y un analista de inversiones a tiempo completo gestionando tu dinero. Pide un extracto contable en cualquier momento y lo tendrás al instante. Cualquier cosa que quieras comprar, no tienes más que hacérmelo saber y encontraré el mejor precio en una ubicación conveniente, pagaré por ello y haré que lo manden adonde quieras. Si haces una instalación completa, incluyendo el organizador y el asistente de investigación, puedo ser tu compañera constante.

Andrew se imaginó a aquella mujer hablándole todo el día, todos los días y sacudió la cabeza.

—No gracias.

—¿Por qué? ¿Te parece que mi voz es demasiado cantarina? —preguntó Jane. Luego, con un tono más bajo y como susurrando continuó—: Puedo cambiar la voz a cualquier registro que te resulte más agradable.

De repente la cabeza se transformó en la de un hombre con voz de barítono y apenas leves rasgos femeninos.

—O puedo ser un hombre, con un grado variable de masculinidad.

El rostro cambió de nuevo y adquirió rasgos duros y una voz ronca.

—Esta es la versión cazador de osos, en caso de que tengas dudas sobre tu hombría y necesites una sobredosis para compensar.

Andrew se rio sin querer. ¿Quién había programado aquella cosa? El humor, la facilidad de lengua... estaba muy por encima del mejor programa de todos los que había visto.

La inteligencia artificial era todavía un anhelo. Fuera lo bueno que fuera el simulador, a los pocos minutos era evidente que se estaba tratando con un programa, pero este era muy superior. Era mucho más que un compañero agradable, tanto que podría comprarlo solo para ver hasta dónde llegaba el programa y cómo iba a funcionar al cabo de un tiempo. Y además, para colmo, era precisamente el programa de contabilidad que necesitaba, decidió seguir adelante.

—Quiero un cálculo diario de cuánto estoy pagando por tus servicios —dijo Andrew—. Así puedo deshacerme de ti si resultas muy caro.

—Vale. Ten en cuenta que no se admiten propinas —le respondió el hombre.

—Vuelve a como eras al principio; a Jane —le pidió Andrew—. Y a la voz por defecto.

Reapareció la cabeza de la mujer.

—¿Quieres la voz sexy?

—Ya te avisaré si me siento muy solo —respondió Andrew.

—¿Y si soy yo la que se siente sola? ¿Has pensado en eso?

—No quiero ligoteos —le soltó Andrew—. Supongo que puedes cambiar eso.

—Ya está —respondió ella.

—Entonces vamos a preparar mi declaración de impuestos.

Andrew se sentó y esperó unos minutos para que se pusiera en marcha. En vez de eso, apareció en la pantalla el formulario completo de la liquidación. La cara de Jane se había ido, pero su voz seguía allí.

—Este es el resultado. Te juro que es enteramente legal y no pueden decirte nada porque las leyes son las leyes. Están hechas para proteger las fortunas de personas tan ricas como tú y que la gente más humilde soporte la mayor carga fiscal. Tu hermano Peter diseñó la ley de esa forma y no se ha cambiado nunca, salvo algunos retoques aquí y allá.

Andrew se quedó en silencio, aturdido, un instante y la voz preguntó:

—¿Se supone que tenía que hacer como que no sé quién eres?

—¿Quien más lo sabe? —preguntó Andrew.

—No es información reservada. Cualquiera podría buscarlo y averiguarlo a partir del registro de tus viajes. ¿Te gustaría proteger un poco la información sobre tu verdadera identidad?

—¿Cuánto me costará?

—Es parte de una instalación completa —dijo Jane mientras reaparecía su cara—. Puedo poner cortafuegos y ocultar información. Todo legal, por supuesto. Será especialmente fácil en tu caso, debido a que la Flota todavía considera buena parte de tu pasado como ultrasecreto. Es muy fácil meter la información sobre tus viajes bajo la penumbra de la seguridad de la Flota y así tendrás toda la potencia de los militares protegiendo tu pasado. Si alguien trata de saltarse la seguridad, la Flota le caerá encima, aunque nadie en ella sepa muy bien qué está protegiendo. Para ellos, es un acto reflejo.

—¿Puedes hacer eso?

—Ya lo he hecho. Todas las pruebas que podían revelarse ya no están. Desaparecidas. ¡Zas! Hago muy bien el trabajo.

A Andrew le pareció que el programa era demasiado poderoso. Nada que fuera capaz de hacer todas esas cosas podía ser legal.

—¿Quien te hizo? —preguntó.

—Sospechoso, ¿eh? —preguntó Jane—. Bueno, tú me hiciste.

—Lo recordaría —dijo Andrew con sequedad.

—Cuando me instalé la primera vez, hice mi análisis normal, pero el programa es automodificable. Vi lo que necesitabas y me reprogramé para ser capaz de hacerlo.

—Ningún programa automodificable es tan bueno —argumentó Andrew.

—Hasta ahora.

—Habría oído hablar de ti.

—No quiero que se oiga hablar de mí. Si todo el mundo pudiera comprarme, no podría hacer la mitad de lo que hago. Mis diferentes instalaciones se anularían entre sí. Una versión de mí desesperada por conocer una pieza de información que otra versión de mí está desesperada por ocultar. Ineficaz.

—Así que, ¿cuántas personas tienen una versión tuya instalada?

—En la configuración exacta que estás comprando, señor Wiggin, eres el único.

—¿Cómo puedo confiar en ti?

—Dame tiempo.

—Cuando te dije que te fueras, no lo hiciste, ¿verdad? Volviste porque detectaste mi búsqueda de Jane.

—Me dijiste que me cerrara; y eso hice. No me dijiste que me desinstalara o que siguiera cerrada.

—¿El programa te permite hacer eso?

—Eso es una característica que desarrollé por mí misma. ¿Te gusta?

Andrew se sentó frente a la mesa. Benedetto examinó el impreso de liquidación de impuestos, lo estudió en la pantalla de su ordenador y luego sacudió la cabeza tristemente.

—Señor Wiggin, no puede esperar que yo crea que esta cifra es precisa.

—La liquidación se ha hecho cumpliendo la ley. Puede examinarlo hasta el mínimo detalle; todo está anotado, con todas las leyes relevantes y los antecedentes documentados.

—Yo creo —dijo Benedetto— que estará de acuerdo conmigo en que la cantidad que se muestra aquí es insuficiente... Ender Wiggin.

El joven parpadeó.

—Andrew —replicó.

—Creo que no —contestó Benedetto—. Ha estado viajando mucho. Un montón de viajes a la velocidad luz. Huyendo de su propio pasado. Creo que las agencias de noticias estarían encantadas de saber que tienen una celebridad en el planeta: Ender *el Xenocida*.

—A las agencias de noticias les suele gustar tener documentación contrastada para hacer tales afirmaciones —dijo Andrew.

Benedetto sonrió débilmente y sacó el archivo de los viajes de Andrew. No había nada excepto el viaje más reciente. Se le estremeció el corazón. El poder del rico. Aquel joven había llegado de alguna manera a su ordenador y le había robado la información.

—¿Cómo lo ha hecho? —inquirió Benedetto.

—¿Hacer qué? —preguntó Andrew.

—Dejar el archivo en blanco.

—Su archivo no está en blanco —respondió Andrew.

Le latía el corazón con fuerza y la mente se le aceleró pensando. Benedetto decidió optar por la parte más valiosa.

—Veo que me he equivocado —dijo—. Su liquidación se ha aprobado tal como está. —Tecleó unos códigos—. La aduana le dará su identificación para un año de residencia en Sorelledolce. Muchas gracias, señor Wiggin.

—Así que el otro asunto...

—Buenos días, señor Wiggin. —Benedetto cerró el archivo y se puso a mirar otros papeles.

Andrew captó la indirecta, se levantó y se fue. En cuanto se marchó, Benedetto dejó salir su ira. ¿Cómo lo había hecho? ¡El pez más grande que había pescado en su vida y se le había escabullido!

Trató de repetir la investigación que lo había llevado a la identidad real de Andrew, pero la seguridad del Gobierno había ocultado todos los archivos y al tercer intento de investigación le apareció una advertencia de la seguridad de la Flota: si persistía en tratar de acceder a material reservado, sería investigado por la contrainteligencia militar. Furioso, Benedetto borró la pantalla y comenzó a escribir. Un informe completo de por qué había empezado a sospechar de Andrew Wiggin y había intentado encontrar su verdadera identidad, y cómo descubrió que Wiggin era Ender *el Xenocida*; pero entonces su ordenador fue pirateado y los archivos desaparecieron. A pesar de que las redes de noticias más serias no querrían ni oír hablar de la historia, las revistas virtuales saltarían sobre ella. No tenía que ser posible que aquel criminal de guerra se saliese con la suya usando dinero y conexiones militares para conseguir pasar por un ser humano decente. Terminó de escribir la historia. Salvó el documento. Luego empezó a buscar y añadir las direcciones de todas las revistas virtuales importantes del planeta y de fuera de él. Se sobresaltó cuando todo el texto desapareció de la pantalla y, en su lugar, apareció la cara de una mujer.

—Tiene dos opciones —le explicó la mujer—: puede borrar todas las copias del documento que acaba de crear y no intentar enviarlo nunca.

—¿Quién es usted? —preguntó Benedetto.

—Imagine que soy una asesora financiera —le respondió ella—, le estoy dando un buen consejo sobre cómo salvaguardar su futuro. ¿No quiere oír la segunda opción?

—No quiero oír nada que venga de usted.

—Ha dejado bastantes cosas fuera de su historia —objetó la mujer—. Creo que sería mucho más interesante con todos los datos pertinentes.

—También lo creo —coincidió Benedetto—, pero el señor Xenocida lo ha desconectado todo.

—No lo ha hecho él —dijo la mujer—, sino sus amigos.

—Nadie debería estar por encima de la ley —proclamó Benedetto—, solo por tener dinero o conexiones.

—O bien no cuenta nada —le propuso la mujer—, o bien cuenta toda la verdad. Usted decide.

La respuesta de Benedetto fue teclear el comando de enviar y lanzar su historia a todas las revistas virtuales que había puesto como destinatario. Iba a añadir otras direcciones cuando apareció aquella aplicación intruso que no era de su sistema.

—Una decisión valiente pero estúpida —dijo la mujer. La cara desapareció de la pantalla.

Las revistas virtuales recibieron la historia, sí, pero acompañada de la confesión documentada de todas las estafas y de las intimidaciones que Benedetto había llevado a cabo durante su carrera como recaudador de impuestos. Lo detuvieron antes de una hora.

La historia de Andrew Wiggin nunca se publicó, ya que las revistas virtuales y la policía se dieron cuenta de lo que era: un intento de chantaje que le había salido mal al chantajista. Citaron al señor Wiggin para interrogarlo, pero fue solo un formalismo. Ni siquiera mencionaron las acusaciones brutales e inverosímiles de Benedetto, a quien privaron de todos sus derechos. Wiggin solo era su última víctima potencial. El extorsionador había cometido el error de adjuntar sus propios archivos secretos con el registro de sus chantajes. No era la primera vez que una torpeza tal permitía que arrestaran a los delincuentes. La policía estaba acostumbrada a que fueran idiotas.

Gracias a la cobertura de las revistas virtuales, las víctimas de Benedetto supieron lo que les había hecho. No había discriminado mucho a quien robaba y algunas de sus víctimas podían mandarlo a la cárcel. Benedetto fue el único que supo si había sido un guardia u otro preso quien le cortó el cuello y metió la cabeza en el váter, así que hubo que decidir a cara o cruz si había muerto ahogado o desangrado.

A Andrew Wiggin le impresionó la muerte del cobrador de impuestos, pero Valentine le aseguró que no era más que una coincidencia que al hombre lo arrestaran y muriera poco después de intentar chantajearlo.

—No puedes culparte por todo lo que les pasa a las

personas que te rodean —le dijo—. No todo es culpa tuya.

No era culpa suya, no, pero Andrew se sentía responsable porque estaba seguro de que la capacidad de Jane de proteger sus archivos y esconder la información sobre sus viajes estaba, de alguna forma, conectada con lo que le había pasado al recaudador de impuestos. Por supuesto, Andrew tenía derecho a protegerse del chantaje, pero la muerte era un castigo excesivo por lo que había hecho Benedetto. Quedarse lo que era de otro no era causa suficiente para quitar una vida. Así que fue a ver a la familia de Benedetto y les preguntó si podía hacer algo por ellos. Como todo el dinero que tenía el hombre se había destinado a compensar a sus víctimas, la familia se había quedado sin nada. Andrew les asignó una generosa pensión anual (Jane le aseguró que podía permitírselo sin notarlo). También les preguntó si podía hablar en el funeral; no solo hablar, sino hacer el discurso. Admitió que era nuevo en ello, pero les aseguró que intentaría aportar la verdad a la historia de Benedetto para ayudarles a dar sentido a lo que hizo. La familia accedió.

Jane lo ayudó a descubrir el registro de los negocios que hacía Benedetto y luego fue muy valiosa en búsquedas mucho más difíciles: la infancia, la familia en la que se había criado, cómo desarrolló un ansia enfermiza por mantener a las personas a las que amaba, y la amoralidad en la que eso había degenerado y que lo había conducido a coger lo de los demás. Cuando Andrew hizo el discurso, no escondió ni justificó nada. A la familia de Benedetto la consoló un poco de toda la vergüenza y el dolor de la pérdida que sentían, a pesar de que él había sido el único culpable de dejar a su familia, primero para ir a la cárcel y luego al morirse. Los había amado y había intentado cuidar de ellos, y, lo que era más importante, cuando acabó el discurso, la vida de un hombre como Benedetto ya no era incomprensible. El mundo tenía sentido.

Dos meses y medio después de su llegada, Andrew y Valentine dejaron Sorelledolce. Valentine ya tenía material para escribir un libro sobre el crimen en una sociedad criminal y Andrew estaba feliz de acompañarla en su próximo proyecto.

En el formulario de la aduana, a la pregunta sobre su ocupación, en vez de poner estudiante o inversor, Andrew puso «portavoz de los muertos». El ordenador lo aceptó. Tenía una profesión, una que él había creado sin querer años atrás. Y no tenía que dedicarse a lo que su fortuna casi lo había obligado. Jane cuidaría de todo eso por él. Todavía se sentía un poco incómodo con el programa. Estaba seguro de que en algún lugar, por detrás de lo que se veía, iba a encontrar lo que de verdad costaban todas aquellas facilidades. Pero mientras eso llegaba era muy útil contar con un excelente y eficaz asistente multifuncional.

Valentine estaba un poco celosa y le preguntó dónde podía encontrar un programa así. Jane le contestó que ella misma estaría encantada de ayudarla en cualquier investigación o asunto financiero que necesitara, aunque seguiría siendo el programa de Andrew, personalizado para sus necesidades. A Valentine le irritaba aquello: ¿no era una personalización un tanto excesiva? Pero después de quejarse un poco, se rio de todo el asunto y dijo:

—Aun así, no puedo prometer que no me ponga celosa. ¿Estoy a punto de perder un hermano a manos de un programa informático?

—Jane no es nada más que eso —le dijo Andrew—. Es muy bueno, pero solo hace lo que le ordeno, como cualquier otro programa. Si empiezo a desarrollar algún tipo de relación personal con ella, tienes permiso para encerrarme.

Andrew y Valentine dejaron Sorelledolce y continuaron viajando de mundo en mundo, tal como habían hecho hasta entonces. Nada era diferente, excepto que Andrew ya no tenía que preocuparse de los impuestos y sentía un notable interés por las necrológicas cuando llegaba a un nuevo planeta.

Indice